COLEÇÃO PÊSSEGO AZUL

THIAGO DE CASTRO

MEUS SAPATOS AINDA CARREGAM A POEIRA DE CUSCO

LARANJA ● ORIGINAL

Para Carlos Machado, que viajou essa história comigo.

APRESENTAÇÃO

Três anos em uma página

Após quatro dias de viagem de ida, vinte de estadia, e cinco dias de volta, entrei novamente no meu quarto e cozinha alugado em Artur Alvim, Zona Leste de São Paulo. O ano era 2017 e eu nem pensava em ser escritor ou fazer algo do tipo. Só sentia a fadiga da viagem e o peito aberto para o mundo e sua gente. Em outubro comecei a namorar, em 2018 fomos morar juntos, em 2019 nasceu nossa filha.

Em 2020, a pandemia e a quarentena trouxeram no balaio lembranças sobre aquela longínqua loucura que encarei aos 24 anos, quando decidi ir ao Peru de ônibus, partindo do Terminal Rodoviário Tietê. A nostalgia de viagens irrepetíveis naquelas condições me levou a escrever e publicar em uma rede social nove pequenas histórias do trajeto de ônibus até Cusco: as paradas, o banho, as pessoas, a espera na alfândega. Todas limitadas ao máximo de 1200 caracteres permitidos pela plataforma em questão.

Depois, desejei preencher essas pequenas narrativas com outros episódios da viagem, aumentando um pouco, mentindo e inventando outro tanto.

Juntou isso tudo com um conto que escrevi sobre um homem que, preso no cotidiano de seu trabalho, procurava fuga nas lembranças de uma viagem inesquecível que fez na juventude. E pronto, ou quase: *Meus sapatos ainda carregam a poeira de Cusco* já tinha algum caminho andado. Era só prosseguir.

O autor

Todo livro é uma viagem

Saímos de onde estamos, perambulamos por outras paragens, conhecemos pessoas e histórias, voltamos pra casa. Seja chegando à última página ou arrastando a mala, não importa: a travessia foi feita. Abrindo um pouco a mente – e o coração –, talvez consigamos até mesmo voltar transformados.

Em alguns livros, como *Meus sapatos ainda carregam a poeira de Cusco*, essa metáfora vai além; a leitura nos leva a tiracolo em uma viagem de fato. Sim, nem tudo é verdade por aqui – o poeta não é o único fingidor –, mas é suficiente para nos colocar ao lado desse narrador sensível e atento, fazendo-nos sentir o desconforto do ônibus, ouvir as músicas que reverberam do violão, rir dos companheiros de viagem chatos e sorrir aos generosos.

E não é só a Cusco que o acompanhamos. Passeamos juntos pela solidão de São Paulo, essa cidade que nos fascina na mesma proporção em que nos enoja. A viagem externa em muitos momentos também se volta para dentro, e lá, mais uma vez, nos reconhecemos passageiros.

Sim, muitos de nós trazemos fotos e *souvenirs* na bagagem. Todos trazemos memórias. Mas são poucos os que trazem reflexões cheias de humor e lirismo que merecem a eternidade do livro. Thiago de Castro pertence a esse último grupo.

Ainda bem.

Giselle Fiorini Bohn

SUMÁRIO

ÔNIBUS I
11

SAPATOS
13

ÔNIBUS II
15

SESC 24 DE MAIO
17

ÔNIBUS III
21

ANTES
23

ÔNIBUS IV
25

VAN
27

NA VOLTA
29

ÔNIBUS V
31

BOLINHAS DE GUDE
33

ÔNIBUS VI
37

DURANTE
39

ÔNIBUS VII
41

LIMA
43

ÔNIBUS VIII
47

VINI
49

ÔNIBUS IX
53

PARTIDA DE FUTEBOL
55

ÔNIBUS X
61

DEPOIS
63

ÔNIBUS XI
65

FOME
67

ÔNIBUS
77

EPÍLOGO
79

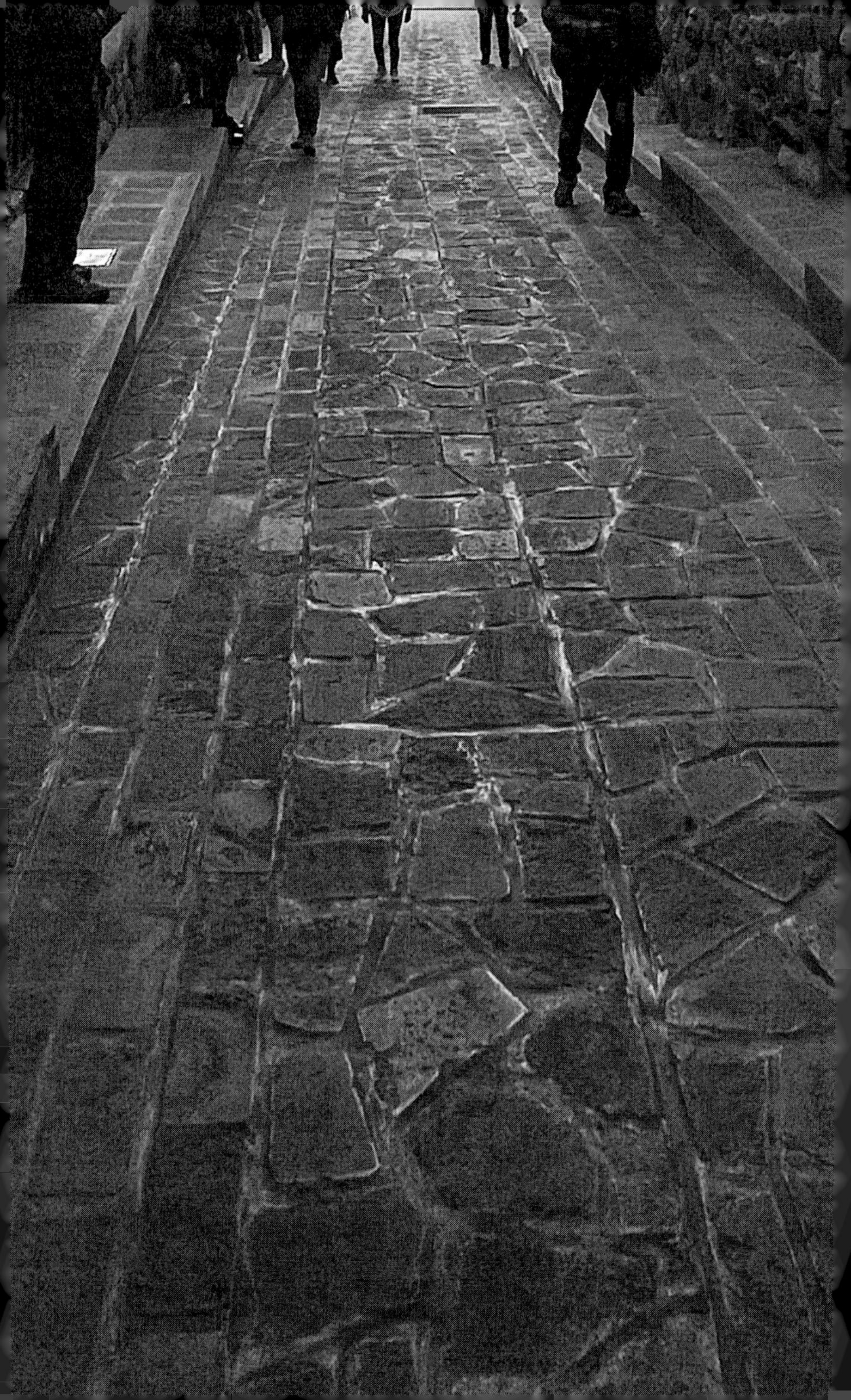

ÔNIBUS I

Qualquer resquício de ilusão poética sobre viajar de ônibus começava a se diluir no cheiro sujo do ar-condicionado, no meu ânimo infectado. Ainda procurava a alavanca para deitar o assento quando uma barata se arriscou perto dos meus pés e sumiu numa das frestas do veículo, deixando-me impotente diante da consciência da sua existência. Fingi que esqueci e me assegurei de não vacilar com as migalhas nos lanches matutinos.

Da janela, a fila se encurtava diante do motorista que recolhia as passagens em ritmo de máquina; sacolas, malas, caixotes, tudo enfiado no bagageiro. Passageiros, modorrentos, preenchiam as poltronas, murmurinhos em espanhol chegavam borrifados até mim, ansiando a volta para casa, a fuga, suportada em quatro dias na estrada.

Quatro dias.

Quatro dias nessa poltrona que, mesmo reclinada, oprime as pernas. Escolhi o lugar a dedo, pela vista, apenas, o painel de vidro na minha cara e os Andes diante dos olhos. Valeria ter pagado o leito e perder a vista privilegiada? Ao lado, o assento vago. Que assim ficasse, torcia, para aliviar um braço, deixar os mantimentos à mão. Não ficou; deu *buenas noches* e se sentou, o último antes que a funcionária do guichê passasse breves orientações e desejasse a todos uma excelente viagem.

O ônibus de dois andares saiu macio da rodoviária, encaixando-se na fila de automóveis da Marginal Tietê, rumo a

Cusco. O corredor tornou-se lúgubre, tombei a cabeça na janela, o queixo do homem ao meu lado encontrou o peito, meus dedos se aconchegaram entrelaçados nas pernas. Amanhã, quem sabe, não arrisco uma prosa.

SAPATOS

Meus sapatos ainda carregam a poeira de Cusco. Talvez o barro enfronhado nas frestas da sola pertença a Machu Picchu. Embaixo da terra, no vidro da porta me fita o reflexo. Esses sapatos nem combinam com o resto da indumentária. São tênis de caminhada, que enfiei no pé apressado pela manhã, os de uso comum ainda não secaram da última chuva. Não sei o que me desagrada mais, voltar para casa com os pés encharcados ou saber que não poderei calçar o par de tênis de que tanto gosto no dia seguinte. Calçar um tênis confortável, ainda que surrado, tem sido um dos meus poucos prazeres, a simbiose do pé com o tecido muito me agrada.

Trombam em mim como pedido de licença, é assim que funciona por aqui, no subsolo. "Também vou descer", retruco para ninguém, a voz reverbera no ar viciado. Me cospem do vagão.

O sapato estranha o caminho repetido dos dias úteis. Para quem já pisou a nobre poeira dos Andes, que miséria é a imundície de São Paulo. Aquele sapato carregava um propósito; subir e descer o morro até a cidade perdida. Foi encaixotado após o retorno, lembrança de viagem. Às companheiras mais íntimas, que conheceram meu guarda-roupa, explicava que os havia comprado só para a ocasião, por isso a desarmonia com as *skinnies*, ou a jaqueta jeans rasgada nos cotovelos. Jamais conhecera água, o bendito, mas hoje cumpria bem a função de manter secas minhas meias até o trabalho.

Piso com ousadia em poças rasas, só para testar a qualidade do solado, sua impermeabilidade.

Com o outro, qualquer fio d'água na rua já umedecia os calcanhares, a palmilha esmigalhada visível pela parte de baixo. Ficou secando atrás da geladeira, coisa de gente antiga, macete de mãe. Com o novo, sigo seco, até mais alto devido às molas traseiras. É um bom sapato, bonito seria forçoso. Não rima com meu repertório, só no contexto cusquenho ganhava sentido. Lá, reconhecem os turistas através das roupas: a característica touca andina, uma blusa de lã com detalhes étnicos, luvas, cachecol e um bom sapato de caminhada. Tudo meio esquisito, até cafona, pique aventureiro de apartamento, alvo fácil para os vendedores ambulantes. *"Brasileño? Macoña? Buceta?"*. Passava-se fácil, assim, dos chaveirinhos de lhama para os ilícitos.

Bato o ponto eletrônico. Suspiro em homenagem aos dois anos da viagem. Dois anos atropelados, um par de sapatos ensopados, um casamento, uma filha pequena, nem dois reais na carteira, nem dois minutos de atraso no relógio do ponto. Viagem feito essa, nunca mais. Partir do Terminal Tietê, quatro dias de estrada, sozinho, desempregado, solto no mundo.

Giro a chave do laboratório. A luz permanece apagada, restam uns minutos antes da primeira turma agendada. Me meto a caçar lembranças nas redes sociais, encharcado de nostalgia fugaz, eu e os meus sapatos.

É segunda-feira.

ÔNIBUS II

Foi um piado de conversa. Café, disputar a tomada do restaurante para carregar o celular, mijar num banheiro podre, aglomerar-se em pequenos grupos junto ao ônibus prestes a partir, caçar interesses em comum além do destino óbvio, deixar aflorar amizades de viagem.

A correria das paradas era a hora de socializar. No primeiro dia, a rotina na estrada, constante, infinita, esvaziava o interesse de prolongar uma conversa dentro do veículo. Virava o rosto diante do tempo à beça para silêncios constrangedores, da dificuldade com a língua que, apesar de também latina, criava pequenas barreiras, pedregulhos, vencidas aos bocados em mútua aula. Na escola só tive lições de inglês, e aprendi muito mal.

Já fora, nos almoços, jantas, banhos de gato, a urgência de cumprir os horários, de interceptar a conversa no melhor do assunto para embarcar correndo, cada um se responsabilizando pelo colega ao lado — calma, motorista, gente no banheiro ainda! —, o condutor numa carranca de quem tem dia e hora marcada para chegar, tudo isso nos permeava de solidariedade crescente a cada mesa compartilhada, história contada, ideia trocada. A cada parada mais ao norte do país, o burburinho pós-subida parecia de parentada em festa, e os silêncios entre uma conversa e outra eram mais de respeito do que de embaraço.

SESC 24 DE MAIO

Embolava ainda a fala no táxi para indicar a rua de casa na tarde em que voltei a São Paulo. Acostumado a virar constantemente a chave da tradução para abrir a boca, até mesmo na volta do ônibus, que vem tão internacional quanto na ida, ouvi uma risada do taxista quando falei para virar *acá* e me desculpei tentando mostrar que não era maluco. Ele partiu com uma boa história de passageiro e eu, carregado de malas, procurei a chave do portão nelas todas, desacostumado a abrir e fechar, entrar e sair, como fazia na banalidade dos dias que estava fora. A cozinha cheirava a guardado e os móveis apertados em dois cômodos me receberam soturnos e ressentidos. Pedi para que alguns colegas e familiares fizessem a manutenção da casa, limpassem a geladeira e regassem o coentro. O significado das respostas esquivas durante a viagem se revelou na planta tombada no vaso e no bafo azedo que saiu da geladeira quando a abri. Larguei a mala na cama e fui encher os baldes de água no tanque. Era o fim da viagem Barranco–Artur Alvim.

Fui à Praça da República passados uns dias, retomar hábitos e lugares afetivos da cidade depois de conhecer uma gente que, aparentemente, cuidava tão bem da própria terra. Tudo me surgiu muito caótico e borrado na saída da estação; urina diluída no ar, aquele trânsito de pessoas e vendedores e adolescentes bêbados e moradores de rua. Beber ao ar livre tinha sido algo que me fez sentir saudades do Brasil quando conheci Lima, uma capital com praças tão bem cuidadas, mas que sempre tinham um policial fazendo ronda e impedindo as pessoas de beberem. Agora, contudo, o sentimento era trocado e confuso. Tomei o rumo da Avenida Ipiranga, dobrei à direita na 24 de Maio a caminho do Sesc, percorrendo a rua que vaporejava um começo de agitação noturna até chegar ao centro cultural. Estava parcialmente aclimatado. São Paulo era febril e suja, visceralmente desigual, mas também havia espaço para tanta gente e tanta arte. Escondida nos botecos, becos, grandes construções ou escancaradas em *tags* de pichadores disputando o espaço urbano.

O elevador etílico me deixou numa exposição, "São Paulo não é uma Cidade", de Jaime Lauriano, que ora enaltecia a diversidade paulistana, ora apontava suas contradições; transitei entre quadros, projeções e esculturas que pouco a pouco me ambientaram. Um painel mostrava a riqueza e a contribuição dos imigrantes para a capital, ao mesmo tempo em que denunciava a xenofobia feroz regurgitada em comentários feitos em redes sociais contra nordestinos, haitianos e bolivianos. Um outro exibia cachimbos de *crack* coletados durante uma campanha de redução de danos na região da Cracolândia, além de registros fotográficos sobre a repressão policial encabeçada em 2017 contra os dependentes químicos. Entre as obras, eu me localizava emocionalmente, repensando minha vivência, meu próprio mapa de ocupação entre os bairros, da Zona Leste ao Centro, dos pontos onde trabalhei e almocei, dos cafezinhos que mudavam de hora e lugar a depender da minha ocupação em diferentes fases da vida. Me senti novamente impregnado por essa cidade, que se apegava a mim como um perfume ou aura invisível, denunciante, que se fez espessa nos anos vencidos dentro dos limites políticos dos distritos, em cada ônibus ou metrô tomado.

Parei em frente a um mapa pintado com linhas brancas sobre um grande tecido preto: "PLANTA IMPERIAL DA CIDADE DE S. PAULO". Logo abaixo, o subtítulo: "ESCRAVIDÃO: CATIVEIROS. MONUMENTOS E APAGAMENTOS HISTÓRICOS". A obra revelava, além das sevícias, o apagamento negro no Bixiga, na Liberdade e em outros bairros da cidade, apontando cada um dos atentados cometidos no lugar onde deveriam estar intitulados os bairros, sempre em caixa alta: "INVASÃO, EPISTEMICÍDIO, GENOCÍDIO, ETNICÍDIO, CONTRATO RACIAL, DEMOCRACIA RACIAL, EXPANSÃO, APROPRIAÇÃO CULTURAL". Tudo isso trouxe radicalmente o eixo da minha concentração para o cerne do que é morar numa cidade autossoterrada, marcada pelo apagamento histórico, de uma nova cidade que tenta se mostrar descolada da anterior. Tive certeza de que amava a República e odiava Higienópolis. Que amava Itaquera e odiava a Vila Madalena. Já estava quase completamente aclimatado, um remoer originado dum antigo ressentimento de classe e certa melancolia por constatar que, com todas as potencialidades que temos como cidade e país, os irmãos peruanos têm um cuidado invejável com o patrimônio histórico-cultural dos povos andinos enquanto seguimos derrubando vilas operárias, igrejas e qualquer resquício de memória antiga para erguer estátuas de estupradores de índias. Do Pátio do Colégio, construção fundadora da cidade, restou apenas uma parede original, de taipa de pilão.

Mas o *hip-hop* se alastrou aqui, os Mutantes, o movimento punk, o Corinthians, Ferréz, Lygia Fagundes Telles e Adoniran. Eu senti um amor profundo por Adoniran, e decretei em elucubrações internas que vis são aqueles que não o amam e que pagam músicos para tocar "Trem das onze"

— nunca "Saudosa maloca" ou "Despejo na favela" — na inauguração de seus arranha-céus, em *rooftop parties*.

Há um café no terraço do Sesc.

Ele é o mais bonito que um café no coração da República pode ser. Subi, paguei o preço justo de uma média acompanhada por um pão de queijo e sentei em uma das mesas. O horizonte, quando não tapado pelo edifício defronte, cuja vida cotidiana pode ser escandalosamente observada como num *reality show*, expandia-se em pontas infinitas e telhados. Entre eles, um, ao leste, abrigava-me e aguardava-me um pouco menos arisco. Arrematei a xícara e tomei o caminho de casa.

ÔNIBUS III

É difícil descrever todos os personagens que me acompanharam naquela viagem. Destaco alguns, que orbitavam meu assento.

Ichiro era aluno de intercâmbio na USP, Educação Física. Aplicado no estudo do português, queria ser assessor de jogadores brasileiros no Japão. Estava apaixonado por nós, pela América do Sul, pelo futebol. O Peru era sua terceira viagem pelo continente, já havia estado no Uruguai e na Argentina. Pena ter escolhido o time errado para torcer. Tivesse adiado a vinda ao Brasil, seria alvinegro. Quando chegou, o Palmeiras acabava de se consagrar campeão brasileiro. Azar o dele, porque repetimos o feito em 2017, e tínhamos méritos internacionais que ecoaram vitoriosos na sua terra natal, quando fomos campeões mundiais em 2012.

Vladimir voltava para o Peru com um mestrado nas costas. Vinha desde Diamantina, onde finalizou os estudos em Química. Natural de Arequipa, nos ensinou muito sobre as culturas pré-colombianas antes de atravessarmos a fronteira. O ar professoral, sem pedantismo, semeava em nós o encanto pela terra-mãe.

Pedro, esse sim, pedante. O currículo, segundo o mesmo: palestrante profissional, protestante, especialista em capacitação de talentos e potencialização de resultados. Para mim, um chateante. Meio *coach*, meio assessor de autoajuda, azedava qualquer conversa e, quando não falava, o áudio dos vídeos motivacionais que ouvia no celular o fazia.

Havia crianças, muitas, e acordavam o ônibus inteiro pela manhã. Natural que chorassem, tolerância pairava no ar. Uma brasileira, Olívia, viajava grávida junto da filha mais velha para encontrar o marido no Equador, que aguardava pelo parto. Ela nos enchia de coragem e tensão.

ANTES

Assinei a rescisão do trabalho, como queria. Estava dispensado da biblioteca universitária, livre de atender alunos de Medicina e Direito e com uma polpuda quantia na conta. Com a liberdade comprada que a grana dá, ainda que temporária e ilusória, na minha cabeça qualquer destino era possível. Comecei a planejar ir ao Peru, primeira viagem internacional, para ontem, um sonho antigo do meu tempo de graduando em História, quando estudei as civilizações pré-colombianas para um trabalho em grupo.

As coisas aconteceram num ritmo singular. Já ia comprar a passagem quando fui chamado para uma entrevista de emprego. A oportunidade não era de se jogar fora; eu morava só e sabia que o seguro-desemprego cessaria. Fui bem no processo, mas, como não me deram resposta em uma semana, fui até o Terminal Rodoviário Tietê e comprei, na emoção, as passagens: São Paulo–Cusco, Lima–São Paulo. Quando cheguei em casa para acertar os últimos detalhes e confirmar o código do cartão de crédito nos sites de hospedagem, recebi um e-mail pedindo desculpas pelo atraso da devolutiva da entrevista, e informando que eu havia passado para a segunda fase. Esmoreci um bocado, mas fui, quase resignado. A vaga era para monitorar um laboratório de informática num desses modestos cursinhos técnicos de bairro e, vendo que tinha chances de aprovação, soltei que tinha agendado uma viagem para o exterior e, caso não permitissem, cancelaria, o que era mentira. Os entrevistadores me sorriram, como uma mãe que ouve a confissão do filho favorito quando comete um erro, e disseram, simplesmente, "tudo bem". Sim, a unidade entraria de férias em julho, então não teria problema nenhum se começássemos em agosto.

Ainda que eu não acredite em Deus ou no destino, me senti grato pela vida quando estava com o coco cheio de ganja no show do Jorge Ben na Praça Heróis da FEB, uma semana antes de embarcar, na companhia de bons amigos, uma lata de cerveja na mão enquanto acompanhava o jogo do Timão com o rabo de olho no celular. Um a zero para cima do Grêmio, decisivo para se manter na ponta da tabela. Foi o ápice da festa, junho de 2017. Se eu tivesse infartado ali mesmo, ainda que sem viajar, morreria fagueiro e contente, mas o mestre começou a tocar "Taj Mahal" e isso me impediu de bater as botas. Tive que dançar.

ÔNIBUS IV

Rotina. Como suportar quatro dias de viagem? O ônibus é uma casa que anda, seu quarto: o semileito, assento no alto do segundo andar. A paisagem é o papel de parede em movimento. Rotina, apanhar a barra de cereal quando a cara ensolarar, comer, oferecer um teco para o mano do lado, insistir diante do negaceio, beber água e apanhar um livro até a hora do almoço. Alternar entre ler o livro e ler o pasto, as vacas, inúmeras, o milharal, a soja, tanta gente com fome, tanta soja ocupando terra. Tanta gente sem casa e o ônibus passando, me dando a noção assombrosa do tamanho desse país, do fosso entre classes. A primeira noite é a pior, dormir apertado como um feto indesejado, a impressão de que veículo vai tombar a cada ultrapassagem, a cada curva sinuosa, despertar parecendo que fui atropelado por aquele que me leva, sempre da janela do segundo andar. Imagine um dia comum, preenchido de tarefas, fardo com hora marcada; multiplique por quatro. Na estrada é só o marasmo do asfalto, brando. Apesar do livro na mão, da paisagem, de um esforço de conversa aqui e ali, dos filmes passando na televisão, a rotina é principalmente o marasmo do asfalto puxado para baixo das rodas.

À tardinha vem com a fome e o desejo de banho. Descemos num restaurante e o chuveiro está desativado. Puta merda.

VAN

NA IDA

Era um italiano. As roupas mostravam que gostava de escalar, transpirava um espírito aventureiro nas botinas enlameadas, nos utensílios presos à mochila e nas experiências contadas ao motorista, que respondia apenas apertando os olhos, concentradíssimo na condução. Essa conversa indireta no banco da frente amedrontou os demais viajantes quando ele soltou que a estrada para a Hidrelétrica, subindo as montanhas que guardam o Rio Urubamba, era a segunda mais perigosa do mundo. Não prestei atenção em qual era a primeira, pois era na segunda que estávamos a chacoalhar e apenas por ela chegaríamos a Águas Calientes; apenas por ela retornaríamos a Cusco. Eu desejava que ele calasse a boca e procurei alguma segurança nos demais passageiros, também introspectivos na estrada que se estreitava, sem *guard rail*, só o abismo, o rio, o vale, as montanhas e a habilidade do motorista amparando a todos. Ichiro apagou, meio enjoado, e perdeu a emoção daquela travessia num sono angelical.

Já tinha uma fé cultivada nos motoristas peruanos, desde a vinda de ônibus, mas ela se acentuou nessa viagem, e nessa fé fui apegado porque o rapaz de boné enterrado na cabeça e olhos apertados diante do volante era a única coisa à qual podia me agarrar para superar o longo caminho e aquela ladainha aventureira. Estava sentado na janela, e vi que alguns trechos da borda da estrada terrosa sucumbiram. Pelas leis da física, acho, só não desbancamos porque o veículo passava rápido por cima das falhas, convicto até o destino. As curvas mais perigosas eram anunciadas com um buzinaço. Como a estrada comportava um veículo por vez, nos pontos cegos o motorista tacava a mão na corneta para avisar quem estava na contramão. Enterrei os fones no ouvido, deixei o Jorge Ben no talo, repetindo e repetindo o disco *Dez anos depois*, e superei a travessia embalado pelo violão mágico do Babulina, ora arriscando contemplar a paisagem, para fazer o registro emocional da viagem, ora ignorando a exuberância, escondendo o rosto entre as mãos sem nenhum pudor de parecer assustado.

Chegamos vivos e inteiros. Ichiro, como se tivesse andado num trenzinho de parque infantil, era o mais disposto para as duas horas de caminhada pelos trilhos; ele e o italiano, que já pinoteou na dianteira, sem cerimônia. O motorista enxugava a testa e bebia água. Fui cumprimentá-lo com um aperto de mão e agradecer pelo serviço e a resposta foi o mesmo semicerrar de olhos, o que me intimidou um pouco, mas não me ofendeu. Essa bajulação toda, refleti depois, não servia de nada para quem se arriscava cotidianamente em levar lá e cá turistas emocionados com a opção mais barata para chegar a Machu Picchu.

Recolhi a mão e gritei pelo meu amigo, que já iniciava a andança sobre as pedras na beira dos trilhos, numa linha reta e segura.

NA VOLTA

Estropiadas as pernas pela descida da cidade sagrada e por todo o retorno pela linha do trem, uma ponta de raiva reprimida porque o zíper da mochila de segunda mão estourou, chegamos à Hidrelétrica, o ponto de encontro para pegar a van com destino a Cusco. Alguns rostos familiares da ida aguardavam o mesmo veículo que o nosso, entre eles do italiano, que me reconheceu e sorriu. Ele apontou com o queixo para a minha peita do Corinthians e começamos a trocar uma ideia. Torcia para o Genoa e se vangloriava de terem sido os primeiros campeões italianos ainda no final do século XIX. Mas seu orgulho maior, claro, era ter nos derrotado em 1982 na Copa do Mundo na Espanha. Eu nem era nascido, mas a tristeza dessa derrota é uma herança acumulada em todos os brasileiros que acompanham o esporte bretão. Assim como o mérito de sermos pentacampeões nos enche a boca quando alguém ousa falar do futebol no Brasil, 1950, 1982 e 2014 nos deixam amuados antes do bote. Conversávamos em inglês, *"We beat the best"*, foi o que ele disse antes de mudarmos o tema da nossa prosa, que passou a ser as milhares de viagens que ele fez: Vietnam, Camboja e China, entre outras. Era um aventureiro nato. Já havia estado no Peru nos anos 1990, e até me mostrou o guia da época, com o antigo caminho de trem ainda disponível. Pietro era seu nome. Nossa van chegou e novamente ele sentou-se no banco do carona, mas ficou contemplativo a viagem inteira.

A volta foi difícil; o veículo levava o dobro da carga humana e acabou sobrando para mim aquele banquinho dobrável, apertado e desconfortável para quatro horas de viagem. Um casal de romenos apertava e averiguava os cintos de segurança a cada curva da morte em alta velocidade, como se fizesse alguma diferença estar preso ao banco com o veículo caindo ribanceira abaixo. Quando percebiam o ridículo, riam e faziam todos rirem dentro da van. Sem poder deitar-se, Ichiro dava sinais de que iria vomitar, e se agarrava a uma sacolinha plástica, para desespero dos que estavam ao seu lado.

Es la última parada, para baño, comida. Después solamente en Cusco, o motorista avisou e descemos numa pequena mercearia de garagem no meio da montanha. Aparentemente a família morava nos fundos da venda, e todos trabalhavam ali atendendo os fregueses. Pedi um copo para socorrer Ichiro. Trouxera comigo um remédio para enjoo, pensando que poderia passar mal na altitude. Ele me agradeceu com aquela reverência oriental que me deixou constrangido, enquanto bebia e se acalmava, e a fila do banheiro não diminuía, atravessei a estrada para ver o espetáculo do sol numa rodela laranja mergulhando nas montanhas, invejando um bocado o privilégio daquela pequena família defronte, que todos os dias se dourava com aquele desbunde. Me perdi na admiração até ser resgatado pelos gritos do motorista nos mandando voltar. Corri para buscar o Ichiro, que deixou o vômito num poste de luz e, quando me apertei no banco móvel, percebi que tinha esquecido de ir ao banheiro.

ÔNIBUS V

Corri para o banheiro, uma moça guardava a catraca — Cinco reais! — Uma garça rosa para lavar o rabo. Certo, mas não tinha trocado. Corri ao caixa do restaurante, metade do ônibus se sentando para comer, a outra que já havia terminado trocava cigarros e ideias do lado de fora, enquanto o motorista lavava o para-brisa. O céu era incrível; eu estava entre o bucho e o banho, fedendo e com fome sob o violáceo início de noite. Volto com a nota, pago a moça, ela estoura uma bola de chiclete junto com a catraca que rola, me deixando entrar nas cabines de banho. Chuveiro quente, enfim. Penduro a toalha do Corinthians na porta e deixo a água pesar os cabelos pela primeira vez desde que saí da rodoviária, entregue ao prazer cronometrado de uma ducha de estrada.

Remexo na sacolinha de utensílios, uma, duas, três vezes; o tato percebe escova, a pasta, o creme de pentear. Custo a aceitar: o sabonete não estava lá. A ideia de ficar com cheiro de cachorro molhado até a próxima parada me abate com um profundo desgosto. Teria se perdido na estrada, no insucesso de outro banho, também às pressas? Teria caído da bolsa? Alguém deixa a cabine do lado, espio pela fresta do box, o sujeito parece vestido e aprumado. Espero ele sair e passo a mão sobre a divisória do box, tateando esperançoso. Sabia, sabia! Alguém sempre esquece o sabonete. Apanho o retângulo cremoso cheio de pelos agarrados — talvez de mais de um viajante — o que não me impede de usá-lo. Deixo o banho fresco e renovado, a ponto de a moça da catraca suspirar diante do meu perfume, tenho certeza, ou talvez tenha se engasgado com o chiclete, pois tossiu bastante depois que saí.

A barriga ainda reclamava comida. Uma janta decente coroaria a noite. Corri para o restaurante, quase todos estavam jantados, exceto uma figura que enchia o prato no buffet: a camisa aberta até o umbigo, o logo da companhia de ônibus bordado no bolso da frente. Era o motorista e, pelo jeito, feito um barão, garfaria o prato sem pressa, no tempo da poesia.

Fiz-lhe companhia.

■ BOLINHAS DE GUDE

Na véspera da subida até Macchu Picchu, perrengueei, como de costume. Após a van e a longa trilha de duas horas, *Águas Calientes* surgiu como uma *El Dorado*. Me despedi de Ichiro e fui procurar o *hostel* barato que reservei pelo site de hospedagem no Brasil; meu corpo ansiava banho e cama. Localizado numa das muitas ruas estreitas, a entrada do local era quase imperceptível: janelas escuras e uma porta sem identificação, apenas o número. Estranhei. Não havia ninguém na recepção, mas fui entrando. O interior era mal iluminado. Havia malas largadas no chão sujo e um corredor que dava em uns quartos apagados, nenhum sinal de vida vindo deles. A casa não tinha sinal de wi-fi, o que me impediu de mandar uma mensagem para os responsáveis. Arrisquei uns passos até uma porta semiaberta, a única com luz acesa. De lá, estalava um barulho de chuveiro, e quem quer que fosse se banhando, tossia muito. Não tive coragem de fazer contato. Desisti da estadia! Fui caçar outro canto. Penei mais um bocado com a mala nas costas. Boa parte dos *hostels* modernetes, com clima de agência de publicidade na Vila Olímpia, estavam lotados. Por sorte, o hotel que recebeu Ichiro ainda tinha um quarto com chuveiro individual, internet e tv à cabo por 55 soles. Joguei para o alto o espírito de peregrino poeirento e me apossei da chave, deleitando-me com aquele que seria um dos raros momentos de privilégio e conforto.

Foi o primeiro chuveiro quente desde que saí do Brasil; não era mal aquecido, completamente frio ou que dava choques ao regular o registro. Fiquei um pouco de bobeira no quarto, liberei espaço no celular e câmera, e marquei de ir jantar com o pessoal por ali; Ichiro mais uns amigos de van. À noite, *Águas Calientes*, apesar dos turistas em abundância, tinha uma cara mais comunitária e natural, e se pescava muito da vida cotidiana dos moradores em lazeres de calçada, restaurantes e peladas de futebol. Tinha um campo nos arredores do hotel, era grande e havia sido dividido em quatro para usufruto de todos: um quarto disputava um campeonato de firma; o outro, vôlei; um era aberto para as crianças; e o último, uma área livre. Tudo acontecia ao pé da montanha enquanto eu e Ichiro analisávamos que o futebol que se jogava nos Andes não era dos melhores. Algumas regras próprias nos intrigavam, como cobrar a lateral com a mão, mesmo num campo pequeno. Vez ou outra tentávamos dominar, com certo exibicionismo, as bolas que vinham em nossa direção, na tentativa de provar algum talento ou de receber um convite para jogar. Não aconteceu. Nem ligavam para nosso domínio, pediam a bola e voltavam para o jogo. Ficou muito claro que as nossas opções de entretenimento eram apenas as oferecidas pelas agências de turismo.

Esse desejo de integração à vida local veio com mais força um pouco depois. Já nos preparávamos para voltar ao hotel, quando numa esquina trombamos um grupo de crianças, de cócoras e em círculo. Disputavam bolas de gude com paixão de combatentes. A imersão dos garotos me levou a um lugar de infância, que é o do imediatismo perante tudo, quando viver era, somente, arrancar a bolinha para fora do círculo marcado na terra, nada mais, feito os meninos de olhos tão preciosos e brilhantes como as burquinhas que tentavam conquistar, e me vieram muitas batalhas efêmeras e felizes da infância, na rua com os amigos ou em casa com meu irmão. Meu desejo era pedir humildemente para jogar uma partida, sujar os joelhos no barro, me fazer moleque, mas não dava; a autoridade daqueles garotos irradiava, intransponível, mais do que a dos adultos no campo de futebol, numa força invisível e impenetrável que me deixou estático e deslumbrado: como a vida pode ser bonita. Como a infância, genuína, transcende a geografia e o tempo.

■ ÔNIBUS VI

A película ajudava na manutenção da ordem, evitava o motim. Nosso único luxo: três pequenos televisores distribuídos pelo corredor. Ai do motorista se esquecesse de rodar o DVD, "*La película! Si no, vamos a bajar!*". Diante do ameaço, as tardes ganhavam seguidas sessões com um cardápio variado da produção audiovisual latino-americana e internacional. Os viajantes mais astutos checavam o catálogo de filmes durante as paradas, intimando o motorista a respeitar a ordem de exibição. Indiferente, alheio em sua cabine de condutor, ele não se importava com a qualidade do que os passageiros assistiriam, só acatava. Tentei palpitar em uma ou duas produções, mas nem o curador da Mostra de Cinema de São Paulo teria êxito em resgatar algum bom representante da sétima arte naquela bolsa de DVDs piratas.

Definida a maratona, vi filmes americanos dublados em espanhol, pastelões protagonizados por humoristas decadentes e comédias românticas variadas. Uma, inclusive, me chamou atenção pelo enredo: a relação amorosa entre um anão *bon vivant* e uma mulher divorciada, cujo ex-marido, de dois metros de altura, esperançava reatar o casamento falido. Juro, meus olhos tentavam se manter apegados aos livros que trouxera comigo, mas me percebi, mais de uma vez, com o Galeano ou Veríssimo suspenso por minutos na mesma página aguardando meu retorno, pacientíssimos, enquanto eu, tomado de curiosidade, me autorizava a uma pausa para o filminho. A pausa se estendia e eu já ria do roteiro, ou de sua pobreza, e comentava as cenas com o colega de banco, para depois retomar a leitura num autoconstrangimento, a pose de letrado esfarelada e rendida diante do melodramático casamento do anão José — leia-se "Rossé"— com Carmen, interpretada por alguma musa do cinema colombiano.

Até aí, tudo bem.

O problema era quando escurecia. Noitinha, o sono vindo com os refletores destacados na estrada, pirilampos sintéticos, marcando o tempo do repouso, e o protesto seguia duro, sem recuos, *"La película! Si no, vamos a bajar!"* E o motorista obediente rodava, sempre, um filme de guerra cravado de tiroteios que atravessa a madrugada, as balas furando meu cérebro enquanto ele provavelmente escutava Chopin, cumbia ou *Gimme Tha Power*, do Molotov, na bênção isolada de sua cabine de condutor.

DURANTE

Retornaria logo, você tinha certeza. O trabalho novo pagava bem para a função, mas sua cabeça estava ainda na próxima saída. Uma parte do salário seria guardada para a viagem seguinte, ainda mais radical. Levaria o violão, subiria uma grana tocando nas praças, para bancar uma estadia mais longa e imprevista. Montevidéu, Buenos Aires, Santiago, La Paz.

Quando fez as pazes com São Paulo, você estava mais aberto para o mundo. Voltar de viagem é estar aberto, porque lá fora cada segundo tem o potencial de ser melancólico ou frustrante, e estar aberto te salvou um bocado dessa tristeza insinuante.

Você errou em marcar encontros com antigos amores, se considerava algo novo e transformado, um homem viajado, num novo trabalho, ainda que temporário, você considerava. Cessaram os amores antigos, saía todas as noites, sozinho, um cinema, uma peça, um passeio apenas ou palestra. Quando em casa, o violão, ensaiando o repertório brasileiro a ser defendido no exterior.

Mas isso passa. O seu otimismo mais ingênuo vai minguando na ida e na volta de pé no coletivo, e o seu "agora" é o laboratório de informática, é a cidade, e são as contas e os imprevistos, as vergonhas financeiras, e o cinema se tornando um roteiro quinzenal, e o teatro esquecido porque nunca foi um hábito, confesse, foi apenas uma excentricidade, e os antigos amores voltam a rondar o interesse e o tempo nas redes sociais, mas um resquício ou ressaca da viagem te leva para um rosto novo, magro, intrigado, engraçado, que te faz perguntas todos os dias no laboratório, uma aluna que trabalha ali no contraturno, por isso nunca se encontraram no ofício. Ela é bonita, parece bacana, mas você precisa de tempo, te falta coragem, sempre faltou. Vocês marcam um cinema, mas nada acontece, porém não esmorece a vontade de vê-la de novo. Ela estuda e trabalha lá, e fará isso até os próximos dois anos. Há uma chance, talvez mais, e remarcam, e se encontram, até um beijo impaciente marcar o que seria, posteriormente, o dia que vocês começam a namorar, oficialmente, e sua vida ganha um novo gosto, uma textura mais sólida. E você passa a orbitar outras demandas compartilhadas, e se despede do quarto e cozinha. O violão vira um fogão usado, mas de marca boa, e as lembrancinhas de Cusco ganham parceiros na estante, de viagens alheias, que não suas. O colchão de casal improvisado no chão ganha um estrado, a arara com jaquetas penduradas é embutida num armário, o tênis de caminhada praticamente intacto na caixa fica na parte de cima, e você gosta dessa configuração, gosta de guardar segredo no trabalho e acenar a cabeça para ela no laboratório como um mero colaborador e encontrá-la em casa, na alegria dos primeiros meses, até os dias se embolarem num outro estado menos enfeitiçado, e que fatalmente chegará, o que é sabido por ambos, mas não comentado porque a notícia, ao invés do término, do tédio insosso, é um teste positivo de gravidez com seis meses de namoro.

■ ÔNIBUS VII

As estradas esburacaram assim que deixamos o Mato Grosso. Rondônia exigiu do motorista toda maestria ao volante para evitar um acidente, sempre à espreita numa fenda oculta ou rombo incontornável. Terceiro dia. Era uma casa com rodas que nos levava já anestesiados pelos agravos, o ar-condicionado viciado, o calor, o indescritível banheiro, tudo isso filtrado pela esperança da chegada mais próxima, a cada sol raiando sobre quilômetros de soja e vaquinhas, bodegas de meio de caminho, sobre um Brasil novo a cada nova parada, novos passageiros a cada rodoviária de capital. Porto Velho foi quem ficou para trás antes de alcançarmos a fronteira com o Acre.

Madrugada, paramos. Luzes se acenderam junto com a orientação para descermos, sem bagagens. Uma blitz? Inspeção policial? De imediato, feições modorrentas empalideceram atentas. A trupe toda desembarcou desnorteada, Pedro brincando que pifou o motor. O pranto miúdo das crianças embalou a passeata por um caminho barrento, celulares-lanternas guiando a rota, colei no Ichiro porque o meu estava sem bateria, largado na mochila, e, fantasmagóricos, chegamos numa imensa balsa, concreto assombroso, sobre as águas do Rio Madeira. Nos aglomerados num canto da barca, subiram faróis acesos, grandes e pequenos veículos e o nosso ônibus, bravo companheiro. O charme da travessia pelo rio, uma das promessas da viagem, foi tragado na escuridão, no fluir das águas e seu barulho sobreposto pelo ronco do monstro que nos carregava.

Num final de bocejo, a cabeça inclinou para trás. A boca, escancarada, assim ficou com a surpresa do céu, me acordando definitivamente. Todas elas, muitas, estrelas nuas, cintilantes e visíveis; as inencontráveis constelações da infância, que eu caçava com meu irmão deitado no quintal, nas férias em Mairiporã, agora ali, disponíveis altas na exibição lenta do tempo da balsa.

Percebi a Via Láctea, acho que pela primeira vez, nítida, e atravessei o rio com o queixo apontado para sua espuma branca, quase estendendo os braços para tocar, com a ponta dos dedos, aquela bonita renda de luzes. Meu encontro com as estrelas, registrado na história do Cosmos, apesar do celular na mochila.

LIMA

Me desaconselharam a capital, mas eu queria ver o Pacífico, fruto de uma promessa de ano novo: assistir ao pôr do sol no mar. Em Cusco, os nativos me exortavam a não ir, era uma cidade rude, barulhenta. Antes fosse conhecer Arequipa, ou qualquer outra menos caótica. Lima, não.

Só vi o sol nascer na Prainha Branca, no Guarujá, quando, no início daquele 2017, acordei na areia, na primeira volta que a Terra deu em torno de si mesma, rumo à caminhada elíptica orbitando o astro maior do nosso sistema. A ideia era, sete meses depois, vê-lo submergir na água, mas Lima é quase sempre plúmbea, acinzentada, eu descobri. Prestes a desabar, o céu é uma longa iminência de queda. Além do firmamento, topei com seus adjetivos negativos assim que chegamos na cidade; um trânsito buzinado, pior que o de Cusco, aglomerados de prédios e nada daquela atmosfera histórica que pairava na antiga capital. A grana encurtou, e ainda restavam dez dias programados, os preços subiram, absurdamente, e quase me arrependi de ter prolongado a estadia no coração urbano do país, apenas com o contato do gerente do *hostel* que veio me buscar na rodoviária.

O trajeto até o Mama Joana seria rápido, tempo suficiente para o futebol brasileiro permear a conversa no caminho. O *hostel* ficava em Barranco, distrito boêmio e cultural da cidade, chamado de Vila Madalena peruana, não muito longe das estações de ônibus e Miraflores, bairro chique da capital.

O bacana de Lima, depois eu entendi, era a normalidade caótica das cidades, mesmo abarrotada e confusa. Havia, claro, os pontos turísticos e os *hostels* que faziam festas toda semana, mas tudo isso era muito mais diluído do que em Cusco e arredores. Era viável caminhar a esmo, sem dar muito na cara que era um turista abobado. Depois eu perceberia essas pequenas delícias, apesar de rarearem os cachorros, constantes nas cidades serranas. Ainda no caminho do *hostel*, eu notava da janela do carro uma opulência capitalista em prédios espelhados nos arredores de Miraflores que não costumam me agradar. Em Barranco, a arquitetura era mais preservada, e o Mama Joana, um casarão de portas altas, piso de taco e quartos compartilhados, de até seis pessoas, se ergueu diante de nós. Fui bem recebido pelos hóspedes, a maioria trabalhadores voluntários, viajantes a longo prazo que trocavam um turno limpando o banheiro, vigiando a portaria ou fazendo o café da manhã por cama e chuveiro.

Me larguei na cama, conversei um bocadinho com o pessoal e resolvi andar na Avenida Almirante Miguel Grau, procurar algum canto para comer e tentar ver o mar, com calma. Um restante de reais para trocar, além de uns trocados no cartão internacional que bancariam o transporte e uns pontos turísticos. Só. Diferente de Cusco, o almoço não era tão barato, a não ser em restaurantes mais modestos, que, ainda assim, chegavam aos 10 soles. Paguei 20 num arroz marinho e passeei pela costa nos caminhos públicos; alguns estudantes faziam piqueniques e pessoas de meia idade se exercitavam. Eu, meio deslocado, parei num banco e constatei a nova folha em branco a ser preenchida a partir daquele dia; novos parceiros de viagem, boas conversas a serem construídas, riscos, tudo de novo em dez dias antes de voltar ao Brasil, e eu não estava muito otimista diante do Pacífico chegando na costa em praias pedregosas e escuras, moroso. Pareceu um mar triste, mas eu havia chegado do outro lado do continente, sem sol, é verdade, ocultado por espessas nuvens. Ainda assim, o testemunho inimaginável para muitos aventureiros do século XVI, o corriqueiro para os povos pré-colombianos que dominavam e ocupavam essa terra se fazia presente num amplo horizonte, na marcha das ondas brandas desde que o primeiro olho humano pousou sobre as águas e descansou a vista. Um outro mar, inédito, trouxe o estranhamento e o medo certeiro que só a percepção da distância nos dá.

ÔNIBUS VIII

"**Não tem paçoca** do outro lado". O Brasil findou; como tudo, termina para dar início a outro mundo, meio mesclado na fronteira, mas outro. A moça que proferiu a frase sintética sobre estar do outro lado me ofereceu a rolha de amendoim; voltava com potes e potes da iguaria. O doce seco, presente na infância, esfarelou na boca um exagerado sabor de nostalgia, eu sei, estávamos ainda na fila para sair do país, declarar os parcos pertences, justificar a viagem às autoridades.

Meio dia de estrada perdido na alfândega até regularizar a situação geral. Gente sem dinheiro para acertar a multa por expirar os três meses de visto, crianças com documentação inválida, malas e sacolas e sacolas e sacolas e malas e pacotes revistados com minúcia e uma porção de imbróglios retardatários. Ichiro desolou no fim da fila tendo em mãos todo seu aparato tecnológico para declarar. Aos brasileiros, o privilégio de serem atendidos à parte, por questões técnicas, explicou a polícia aos aborrecidos. Bastava o RG para atravessarmos e minha mala não era mais do que roupas e dois livros. Passei rápido e, então, a partir do limite marcado pela sombra do portal, havia diante de mim o marasmo quente do meio-dia e um país inteiro do outro lado: Peru. Homens invisíveis iam e voltavam da fronteira em táxis improvisados. Rateei carona com a turma da paçoca e me adiantei para dar entrada na alfândega. Dinheiro trocado nas casas de câmbio, tempo para um banho decente, prato farto a cinco soles e a mesa compartilhada com Wladimir e Pedro, ambos com a mesma serenidade de quem volta para casa.

Brindamos com Cusqueña! Pedro, suco. Cusco a um dia de distância.

Milagrosamente, todos os entraves alfandegários foram solucionados. Já escurecia quando demos falta de Ichiro. Desespero. O ônibus de partida, ele, ingênuo, ficaria para trás. Um grupo começou a enrolar o motorista, outro planejava o resgate, mas não precisou. Uma caminhonete mambembe surgiu com um sorridente rosto japonês na garupa. Vendo o atrapalhamento do jovem no lado brasileiro, em desatinada carreira devido ao atraso, as malas tardando a corrida, o carroceiro ofereceu gentilmente uma carona.

Suspiro geral, partimos completos.

■ VINI

Vini chegou ao Mama Joana na noite seguinte à minha. Foi meu Virgílio nos primeiros dias em Lima. Carioca de Santa Tereza, morava na Colômbia lecionando português. Ano sim, ano não, passava as férias no Peru. Só dormiria uma noite conosco, pois desejava um *hostel* mais badalado para seguir os dias. Éramos dois brasileiros e a conversa no saguão se desenrolou familiar, angariando outros hóspedes. Um dos rapazes que trabalhava lá, Maurício, argentino, tinha um violão encostado que logo começou a rodar de mão em mão em canções internacionais, as cordas eram duras e altas. Natiruts imperava nas mais populares, além do sertanejo universitário exportado a rodo, mas eu tocava o Jorge Ben, de quem nunca cansei.

Vini sugeriu que a gente passeasse um pouco nos arredores, nas praças próximas da *Puente de los suspiros*, nos bares e mirantes para o mar. Acabamos num *pub* alternativo e de lá só saímos de madrugada, meio doidos e com bagagem suficiente para sermos novos amigos. Fui apadrinhado. Ele era experiente, viveu na Áustria como tradutor, sofreu na mão de homens frios, me segredou, e eu também compartilhei minhas desilusões juvenis, e o roteiro do dia seguinte já estava armado quando saímos trôpegos pelas ruas de Barranco.

Combinamos de encontrar o restante do povo do *hostel* numa casa de dança, o *Sargento Pimienta*. Era pagar a entrada, garantir um drink e dançar. Aliás, nunca dancei tanto como no Peru, toscamente em passos desaprendidos, livres, as parceiras caridosas cediam cinco minutos de companhia antes de me trocarem, sem ressentimentos, só diversão sob a vermelhidão das luzes da pista e a banda arrebentando na salsa, fervilhando na madrugada, até parar em flashes sequenciais; portaria, rua, Mama Joana, eu estropiado na cama.

Acordei com Vini me apressando para sair.

O *hostel* que ele queria ficava em Miraflores; o famoso COCO Hostel. Tomamos um táxi até o centro chique de Lima e rodamos por alguns pontos antes de pararmos no nosso destino. Vini curtiu logo de cara o estabelecimento porque reconheceu no recepcionista um dos caras que pegou nos seus vaivéns no Peru. Tinha uma área livre no térreo, com bar e espaço para convivência para quem não estava hospedado, e o ambiente era mais internacional e bastante hospitaleiro. Não imaginava que o Peru atraísse tanta gente de fora para curtir a capital, e o pessimismo de ter decidido passar meus últimos dias por ali começou a se diluir na conversa e no drink chamado *Jager,* que serviam como especialidade da casa. Meu compatriota era um para-raios de gente bacana, e logo fizemos amizade com alguns funcionários do *hostel* e hóspedes que curtiam um resto de tarde. Dois deles se interessaram mais por nós e engatamos uma conversa boa: Gómez, chileno que estava em Lima a trabalho, e Patricia, venezuelana que estava viajando justamente para o Chile em busca de refúgio pela situação política do país. O papo de bêbados é o mesmo em qualquer mesa de bar, independente do CEP, e é sempre interessante, cativante e profundo. Falamos de tudo: das diferenças culturais, da língua portuguesa e do quanto a palavra "saudade" era bonita, do quanto a palavra *"temprano"* também era, dos nossos times de futebol, visões de mundo, compreensão de Deus e a origem do universo. A noite foi se ocupando do bar, assim como novos hóspedes e convidados, enquanto os de nosso pequeno círculo seguiam mais íntimos e interessados uns nos outros, de maneira que comecei a sentir que ali se dava um reinício; a formação de um grupo novo de companheiros com quem eu iria me envolver profundamente nos poucos dias restantes no Peru, e que, provavelmente, nunca mais se encontrariam. Era um sinal para se agarrar ao instante em que se vive, um bom "agora". Enfim, sentia que imprimia, através da relação com outras pessoas, minha existência naquele espaço e tempo.

Numa síntese, a noite acabou com Vini conseguindo compartilhar o quarto com o *affair* da recepção. Eu, Patricia e Gómez fumamos um baseado fininho e leve que me deixou no maior sossego, e saímos para passear na noite agitada do centro, driblando os guardas que apreenderiam a bebida alcoólica que ocultávamos em nossos casacos. Já estava ficando tarde e eu precisava voltar para Barranco. Trocamos telefones e marcamos de nos reencontrar. Peguei um ônibus mesmo e logo Maurício abria a porta para que eu entrasse. Até esqueci que tinha clássico paulista no dia, o Corinthians seguia em primeiro e não podia perder a vantagem no campeonato brasileiro. No celular, o placar final era de 2 x 0 para nós em cima da porcada, e eu adormeci com o celular na mão assistindo aos melhores momentos da partida.

ÔNIBUS IX

Acordei acinzentado e com frio, brancura envolta, os Andes e sua neblina tragavam o ônibus na altitude, engolindo a chance de olhar as montanhas no horizonte limpo, o desejo da vista limitado à observação tensa dos poucos metros de asfalto visíveis da janela; o veículo vagaroso, um pequeno memorial aos acidentados em cada curva. Raras dissipadas de névoa revelavam neve sobre as rochas escuras que bordeavam o caminho. Alguns espiavam através do vidro, na esperança de uma nesga de céu mais aberto, sinal de beleza iminente, boas-vindas. Os ainda dormentes despertaram com a quentura da felicidade imaginativa das crianças; elas haviam colado no para-brisa, o ônibus flutuava nas nuvens, diziam incrédulas. Olívia, grávida, chamou a filha do corredor, criou-se a expectativa de uma bronca, mas a garotinha voltou com a câmera da mãe para fotografar o passeio, festa no céu! Começaram a emergir histórias sobre os incas, contadas pelos adultos, sua agricultura centenária, os registros arqueológicos abundantes em todo território peruano, túmulos e túmulos inacessíveis nas montanhas próximas de Cusco, umbigo do mundo. Alguns passageiros do fundo se aproximaram curiosos, também na expectativa de acompanhar a subida, e logo quase todo o andar de cima estava amontoado na janela frontal, eu feliz da vida, enrolado nas cobertas, satisfeito por ter escolhido o lugar a dedo com toda a antecedência do mundo.

Começamos a desembaçar o vidro com papel higiênico, vi uma alpaca pastando, comemorei, a neblina já era uma fina camada sobre enormes pastos, e tudo se abria e tornava mais claro e visível. Cada vale, pico, agricultores em suas vestes típicas e pequenas casas alicerçadas firmes como o povo que antecedeu aquela gente, e me animava, alternando entre a contemplação e a euforia de planejar a subida para Machu Picchu com pessoas que até quatro dias atrás não existiam para mim, nem eu para elas. Mas agora me sorriam, e o orgulho latino-americano, antes derivado apenas do que lera nos livros, emergia potente diante do cenário onde os deuses germinaram o mundo.

Todos comungavam o final da viagem na limpidez do dia, exceto as crianças, que, sem espaço na janela, sem neblina, decretaram o pouso da nave ônibus.

PARTIDA DE FUTEBOL

O fôlego raro me acompanha desde cedo junto com os apelidos: *asma, asminha, asmático*. No futebol, a doença me impeliu para o gol, o que me tornou o melhor goleiro que um asmático poderia ser. Colecionei pequenas glórias na posição: alguns torneios interclasses, o prêmio de consolação como o segundo melhor goleiro no campeonato do bairro e a autoestima de ser escolhido para as partidas pelas minhas habilidades. Fui me desinteressando fisicamente pelo esporte, e já no ensino médio o lance era malhar só a cabeça mesmo, mas me escalaram para jogar no último campeonato no terceiro ano e eu, ingênuo, acreditei que apenas a lembrança do ofício bastaria para fazer uma boa performance. Tomamos de 11 x 1 já no jogo de estreia. Tive minha parcela de culpa e me considerei aposentado desde aquele episódio.

Curioso que em Lima não tive crises respiratórias; em Cusco, só febre como reação à vacina contra febre amarela, obrigatória para entrar no país. Comprei uma bombinha de Berotec antes da viagem, mas passei bem os dias até Gómez me intimar para um contra. Contei a ele meu trauma, a decadência no final da escola, mas ele estava convicto, sem nunca ter me visto jogar, de que eu guardaria o gol imponente no clássico entre *Peruanos* e o *Resto del Mundo*. Eu aceitei intimidado e esperava a carona no Parque Kennedy, para aproveitar o wi-fi gratuito. Na véspera, precisei usar a bombinha pela primeira vez, creio que mais por questões psicossomáticas relacionadas à ansiedade e à tensão do que por necessidade real. Estava apavorado com a ideia de dar um vexame internacional.

Era uma tradição no Coco Hostel. Os funcionários peruanos montavam sua panela e chamavam os demais hóspedes para a peleja. Desencontrados e destreinados, o time do *Resto del Mundo* nunca havia ganhado uma partida, pois, na lógica dos fatos, era uma seleção internacional e capenga, mas Gómez não deixava de me chamar de amuleto pelas mensagens de texto enquanto eu esperava em um dos bancos, até que apareceu todo baixinho e boleiro para me buscar. Eu não tinha nem vestes adequadas. Para a viagem, levei um *boot* de skatista e um tênis de caminhada que me deixaria parecendo uma girafa de salto alto embaixo das traves; optei pelo *boot*. Vesti uma calça de moletom que usava como pijama e a peita do Timão, para impor algum respeito ou empatia devido às glórias conquistadas por Paolo Guerrero na posição de centroavante. Pelo menos a posição de goleiro era minha, sem concorrentes. Se tivesse que ir à linha, o desastre se consumaria. Fomos de carona e a trupe se uniu: eu (Brasil), Gómez (Chile), Javier (Espanha), Higuan (Uruguai) e Anderson (Colômbia). Este último, no melhor estilo *headbanger* paliteiro, tinha todas as características de um exímio caneludo, e poderia figurar como o melhor dos piores no finado RockGol, programa televisivo que colocava astros da música para embates futebolísticos na extinta MTV.

Ao contrário do que pensei, o adversário não intimidava tanto, nem o futebol peruano em si, o que já havia testemunhado em Águas Calientes. Me distensionei um bocado enquanto analisava o outro time se preparando para a partida. A maioria dos jogadores do esquadrão antagônico era de média para baixa estatura — o goleiro deles, o menor, mas havia aquele tipo conhecido e presente em todos os contras do planeta: pique jogador profissional, uniforme completo e original do Real Madrid com o nome, claro, do centroavante português, Cristiano Ronaldo, estampado nas costas da camisa. Até o cabelo replicava o penteado do jogador. Os companheiros de certame o chamavam pela alcunha de "Cris".

Não eram bons, mas nosso time compunha-se de um misto de velhos cansados e inexperientes com boa vontade, então a coisa se equilibrou. Os adversários se enfezaram comigo, mas as defesas eram mais pela falta de habilidade deles do que mérito meu. Aproveitava as investidas porcas para sair bonito na foto, com pontes plásticas e acrobacias desnecessárias diante das cabeçadinhas desalinhadas e uns chutinhos xoxos de dar dó. Pensar que no Brasil é um craque por rua, futebol sem massagem de domingo a domingo, tanto que se naturaliza o encanto de jogar bem e, hora ou outra, ainda surgem estrelas que vão além do competente, alcançam o belo, artesãos da bola, num admirável bailado em campo, como defendia Galeano, na sutileza do calcanhar de Sócrates. O distintivo à esquerda do meu peito começou a pesar, me animando no jogo. Ainda que não fosse o melhor representante, eu defendia uma tradição.

Nosso time era o mais objetivo possível no arremate, e teríamos alargado o placar não fosse o Anderson ser tão toupeira nas finalizações, que não melhoravam nem com os pitos de Gómez, "*el Capitán*". Num vacilo de Higuan, tomei o primeiro gol, tabelado, que amargou na minha rede com a comemoração do Cris, pulando no ar de pernas abertas e caindo firme gritando o petulante "Siiiiiiiii!" do jogador luso. Higuan, que eu não vi apartado do cigarro a não ser na quadra, começava a dar os primeiros sinais de cansaço, recuando um pouco na posição, afrouxando a marcação, e os peruanos chegavam cada vez mais encurtando a diferença no placar. Fazíamos um gol sofrido para tomarmos dois, Higuan repetia "*cálmate, cálmate*" para um Gómez avermelhado e irritadiço, como um átomo agitado, que retrucava com a elegância que só os xingamentos em espanhol conseguem carregar, enquanto o Cris andino seguia chafurdando na comemoração de cada gol.

Mas havia Javier, o maestro. O único que manteve o ritmo do início ao fim, não brigou com ninguém, além de ser bastante entrosado com Higuan, quando este não estava sem fôlego. O tempo era curto, tínhamos a vantagem, mas naquele ritmo os peruanos virariam o jogo. Dava para ganhar, porra! Num combinado rápido, todo mundo se dispôs a acertar os passes, pelo menos, e voltar para marcar. Anderson tomou uns tabefes de exortação e se comprometeu a calibrar o pé de enxada. Errou uma, errou duas, na terceira, à la Tupãzinho em 1990, recebeu passe preciso de Higuan e garantiu a vantagem que nos deu tranquilidade para retrancar nos últimos minutos. Acabou 10x8, em uma hora de jogo terrível e defesas medianas que foram exaltadas como impossíveis. O Cris apertou minha mão, resignado e respeitoso, "*barró todo*", e eu corei igual no colégio quando tinha atuações realmente memoráveis.

Dividimos o táxi até o Coco Hostel e lá comemoramos a primeira de muitas vitórias da *Equipo del Resto del Mundo*, que, depois Gómez me informaria por mensagem, sairia campeã numa série de embates futuros graças a minha atuação, quando quebramos o tabu. Naquela noite, a taça de campeão foi uma garrafa de cerveja paga pelo time adversário. Embriagado com a glória, não quis mais entrar em campo depois dessa performance. Preferi sair por cima após o traumático 11x1 nos tempos de colégio, e virei o gatuno *arquero brasileño*, trocando a alcunha de *asma* por *amuleto*.

ÔNIBUS X

Assim que descemos na rodoviária de Cusco, Wladimir me emprestou o chapéu de palha que ganhou de presente dos amigos mineiros. Ichiro bateu a foto: meu primeiro retrato de turista abobado. Abraços trocados para quem ainda seguiria viagem para Lima e desejos de força àqueles que subiriam ao Equador. Eu e Ichiro partiríamos para Águas Calientes no dia seguinte. O tempo perdido na fronteira apertou um pouco o prazo; essa noite era jantar, encontrar uma lavanderia para quatro dias de roupa suja e cair na cama para estar de pé às cinco da matina, e então enfrentar mais quatro horas de van e duas de caminhada sobre os trilhos da Hidrelétrica. Dividimos um táxi até o *hostel*, tomei uma ducha e me reencontrei com os colegas na Plaza de Armas. Jantamos, sim, e até que daria tempo de voltar à hospedaria e se afundar embaixo das cobertas num leito digno, conforto merecido, mas passeamos em alguns pontos turísticos sob a tutela de Wladimir — foi quando adquiri meu gorro, blusa, luvas e cachecol — até trombarmos na boêmia da rua Tecsecocha, com seus bares e boates com entrada gratuita, para lá das dez. Entramos.

Daí para frente, o Peru começou para mim.

DEPOIS

A criança brinca no chão do quarto. Há um acordo velado, relação inviolável entre o mundo interno da sua infância e o distanciamento entre os pais, que sorriem. Ele deitado no tapete, ela de pé na porta, como um guarda. Podia ser mais do que isso, ele tem certeza. Ele podia ser mais, ela lamenta e sai para fingir uma tarefa. O tempo corre no brincar, uma suspensão da crueza, o menino boceja e clama o peito, só a mãe pode dar, ela chega imponente, ele vai para o banho, a criança mama e dorme, cada um janta o seu jantar, ele no celular, ela no celular. Deitam, um campo de força invisível marca o lado de cada um na cama. De madrugada, só a criança rompe essa linha, quando é resgatada do berço aos prantos e adormece entre o casal, atravessada com o pé na cara de um e os bracinhos no nariz do outro.

A coisa vai mal. É manhã de sábado e não podia ser pior, o início de dois dias em casa, num desconforto compartilhado que começa a se ouriçar no estômago na noite de sexta, quando ele gira a chave e entra na sala, quando o filho o abraça correndo e ele responde com ternura, pega-o no colo e então olha a mãe no sofá. Ela acha bonita a relação de pai e filho, e sorri de volta, mas logo se apagam, e o rito segue, na marcha do marasmo.

O rito. Há uma vaga esperança, em ambos os lados, uma vaga lembrança, sem nitidez, que mantém o rito vivo, de ir e vir para o trabalho, de dividir o teto, de fazer o almoço, deixar a janta pronta, de insistir em compartilhar o leito, o denso ar do quarto, de ver os pertences disputando o espaço, na prateleira da sala, no banheiro, marcas individuais embaralhadas em objetos de higiene pessoal, em roupas na máquina, estendidas no varal. É a força que um filho carrega, o herdeiro, de manter teso o frouxo fio que segura o laço entre duas pessoas até o máximo de sua resistência. Até a perseverança, a desistência ou a metamorfose.

ÔNIBUS XI

Muito da ida tem na volta, e o saldo da viagem é uma porção de causos, presentes e penuriazinhas. Ichiro, Wladimir, Vitor e Olívia são únicos, mas reconhecíveis em qualquer ônibus cheio que vai e vem do Peru, com um bocado de gente e histórias que, sobre as rodas valentes do veículo, rumam agora para o Brasil. O meu Brasil. Dois dias de Lima até a fronteira no Acre, e a sensação ao atravessar a alfândega é a ridícula percepção de me sentir um sujeito de direitos, um cidadão brasileiro, seja lá o que isso significa, e no dever de retribuir as aulas de idioma para os companheiros peruanos que iam para São Paulo pela primeira vez, como fizeram comigo no trajeto oposto. Um deles, músico, praticava a flauta pela manhã com maestria e compartilhava uns goles de Chicha, que me arrependi de não ter trazido. Só trouxe a Inka Cola, que, convenhamos, comparada a toda a riqueza gastronômica do país, é ultrajante.

Em *Terra Brasilis*, a volta recapitulou muitas experiências: o estrelado céu na balsa, a ruminação dos bovinos em pastos infinitos, alternando com o milho e a soja, *la película*, as paradas nojentas ou charmosas, e São Paulo chegando a cada noite superada na estrada. Quando, na manhã do quinto dia, os nomes dos municípios limítrofes apareceram familiares nas placas de estrada, manifestou-se em mim o gozo interno de que, enfim, o Terminal Rodoviário Tietê nos acolheria junto de milhares de histórias que embarcam e desembarcam debaixo de sua estrutura todos os dias.

FOME

As moedas no bolso, quando há, têm destino quase certo: músicos de rua. Dois peruanos tocam seus instrumentos, eu novamente no metrô. Alguns passageiros são fisgados, outros interrompem a conversa, uns encrespam. Eu bato palmas efusivamente após o número, para contagiar o vagão. Há dias, porém, em que também não estou a fim de contribuir, nem de ouvir, sei lá, só quero ler meu livro, mesquinhez de leitor pregado; chatice mesmo.

No geral, as moedas encontram o chapéu do intérprete.

A primeira vez que toquei na rua foi em Lima. Acho que ganhei certa aura de artista a partir dali. Ainda a carrego impregnada no corpo, mesmo que confundida com outros odores, de sobrevivência, do trabalho assalariado. Lembro que pipoqueiros, artesãos e músicos passaram a me olhar com cumplicidade a partir do momento que me perceberam, dia após dia, rondando a *Puente de los Suspiros* com o violão nas costas. Era um trabalhador, não mais um turista, apenas, e arte dá trabalho.

Na minha aventura, dois senhores seresteiros me acolheram com conselhos, compartilhando os melhores pontos, horários e as regras: jamais desrespeitar o espaço do outro músico. Eu os reverenciei também, pedi licença para chegar, justificando a necessidade do ofício. Estava falido. Nos últimos dias, aliei a carestia ao desejo de tocar na rua simplesmente por tocar, para ser feliz mesmo. Coisa que nunca fiz no Brasil, vergonha da qual me despi na última semana em Lima, distante de casa. Não tinha recursos suficientes para pagar o almoço até o final da estadia, muito menos durante os cinco dias de estrada na volta. Até atravessar a fronteira teria de sobreviver a pão e água. Depois dela, contar com o cheque especial da conta corrente. A bolsa cheia de *souvenirs* comprados em Cusco carimbava a má administração do dinheiro. Nem levei violão.

Acovardei de trazer comigo o velho Giannini. Fui racionando grana até concluir o básico programado: museus históricos, circuito mágico das águas, Igreja de São Francisco, jogo no Matute. Desvios no caminho me fizeram gastar, sim, dinheiro besta, com comida, corridas de táxi e banheiro. Fora de casa a mijada sempre custava uma moeda. Além da música, não sabia o que fazer, um pequeno desespero começava a rondar o juízo.

Não levei violão.

Compartilhei com a Clau e Pedro meus problemas. Eles dividiam o quarto do *hostel* comigo e estavam de viagem desde Bogotá, passando pelo Equador e juntando uma grana em Lima antes de partirem para Cusco. Bancavam as despesas fazendo teatro de bonecos no transporte público da cidade. Ele manipulava uma marionete do Freddie Mercury cantando *We Are the Champions* enquanto ela cuidava do som no amplificador, além de passar o chapéu. Chegavam a fazer oitenta soles por dia, o que pagaria oito almoços para mim. Aliás, nunca vi comida tão barata quanto no Peru. Um prato grande de sopa na entrada com pedaços de frango, nada mirrado, o arroz acompanhado da proteína — peixe, quase sempre, chips de batata e uma sobremesa ou suco de *chicha*. Se procurasse bem achava o conjunto por oito soles, e, em Cusco, até por cinco!

Sem violão, sem almoço.

O casal solidário sugeriu que eu falasse doce com Maurício, o argentino gente fina que tinha um violão encostado no quarto, o mesmo que tocamos quando Vini apareceu no Mama Joana. Cheguei a dedilhar nos meus primeiros dias, quando o achava na sala de convivência, mas sem o intuito de fazê-lo minha ferramenta de trabalho. Numa dessas reuniões de hóspedes, embaladas pelo final da tarde, pedi o violão emprestado para um Maurício descansado e sorridente que assistia *El Chavo* na televisão. Sua atenção alternava entre o programa e as canções da Tábua de Esmeralda que eu ousava arriscar nas cordas de aço. No entanto, foi uma versão de "Marinheiro só", bonita para burro, do Caetano Veloso quando exilado em Londres, que o fez baixar o som da tv e me olhar intrigado. Pensei que tivesse incomodado e parei a interpretação, mas ele me deu aval para seguir, meneando a cabeça. Fechou os olhos e só voltou a abri-los, bregamente marejados, no verso final: *Eu não vim aqui para ser feliz/ Cadê meu sol dourado? / Cadê as coisas do meu país?* Maurício se emocionou porque lembrou que cantava com a prima na infância uma versão em espanhol; me senti lisonjeado de ter conseguido trazer tão boa lembrança, mas adverti que as cordas do instrumento impediram uma performance de melhor qualidade. Estavam altas e haja dedo para as pestanas. Propus o acordo. Arrumava o violão e em troca ele me emprestava para garantir a boia.

Aceitou de primeira. Tinha uma gentileza nos gestos que não condizia com a típica imagem que o brasileiro comum tem dos argentinos. Ele era empregado no *hostel* e nas horas vagas vendia empanadas a quatro soles cada. Havia uma expectativa toda vez que ele chegava com o cesto coberto por um pano, para saber se estaria ou não vazio, coisa fácil de adivinhar pelo semblante atrás dos óculos. Revelava o cesto tirando o pano como um mágico, sempre rindo.

Dar vida nova ao seu violão me pareceu uma forma de lhe retribuir o inabalável bom humor. Sem perder tempo, no dia seguinte fui a uma loja de material de construção, comprei uma lixa e tratei de deixar as cordas numa altura boa, com todo o cuidado do mundo para não estragar o instrumento do amigo e perder o ganha pão. Desatarrachei as cordas, tirei o pó acumulado no corpo e fui lixando devagar o rastilho, rememorando as aulas que fiz quando adolesci, na Amador Bueno, sem imaginar que de Buenos Aires um violão cairia do céu para matar minha fome em outro país. Pedro, Clau e Maurício me admiravam como a um residente curioso diante do cirurgião-chefe na mesa de operações. Eu carregava nos gestos e fazia um pouco de cena também, para incrementar de importância o serviço.

Finalizado, entreguei o instrumento para o dono. Ele encaixou um acorde de sol maior meio desengonçado e bateu nas cordas com a palheta.

— *Bueno?*

— *Buenísimo!* — E me devolveu o filho.

Nesse meio tempo, Clau já tinha buscado um *cajón* no quarto para que Maurício tentasse me acompanhar nas músicas, mas ele era tão ruim de ritmo quanto gentil e, felizmente, percebeu sozinho que nossa dupla não teria sucesso. Voltou às suas empanadas e eu me enfurnei no quarto para ensaiar a *playlist*. Tinha que ter algo de brasileiro, que era o que sabia tocar e cantar mais ou menos. Fui de "Marinheiro só", meu amuleto musical, quase todas do Jorge Ben que conhecia, "Garota de Ipanema", pelo alcance internacional, e fechei com uma ou outra instrumental para descansar a garganta desacostumada ao canto.

*

O tom acinzentado do céu diurno, recortado acima dos prédios e telhados, se fazia tenebroso com a noite próxima. Um dos meus desejos, ao ir para Lima, era ver o poente no Pacífico; como dissera, desejo frustrado devido às nuvens que carregavam sempre o céu, plúmbeas, rimadas com as ondas que quebravam depressivas na praia. O que embonitecia a cidade era o movimento das pessoas e as luzes na porta dos estabelecimentos, numa luminosidade fosca, amarelo quente, que deixava a noite de Barranco com um ar mais acolhedor, de colo de mulher. Saí com o violão nas costas até a *Puente de los Suspiros*, caçando para mim um lugar para que os namorados e passeantes me notassem.

Os senhores seresteiros já ocupavam seus pontos, bem na saída da ponte que terminava numa escadaria. Eles tinham uma abordagem que não me agradava, nem parecia cativar muito os frequentadores. Se aproximavam das pessoas, preferencialmente casais, e entoavam melosas músicas de amor, da moda ou antigas, até o cliente, enfastiado, lançar uma moeda. Não ousaria fazer o mesmo. Realmente precisava de grana, mas queria curtir a realização de tocar na rua, sem vergonha, como tocava em casa, pelo prazer de fazer arte, desinibido. Encostaria num canto e faria meu showzinho. Seria assim.

Subi a escadaria para respeitar os veteranos, e fiquei num local menos movimentado. Lá na ponta havia um pipoqueiro que não parava de me encarar, não sei se com antipatia ou curiosidade.

— *Puedo tocar?* — Eu tinha a necessidade de me sentir autorizado pelo povo de lá. — *Estamos todos a ganar la vida, no?* — E me deu uma garrafa d'água.

Atravessei com o primeiro pé a linha entre turista e artista, agora só faltava estrear. Sentei na calçada e me pus a tocar uma composição própria, cheia de firulas e acordes complexos; fiquei nessa uns bons minutos, para esquentar. Parava, tomava uma água e voltava. O despreparo era gritante, recaído sobre mim, sobre a bolsa do violão aberta na minha frente, sem nem um centavo para dar sorte, ou ludibriar os transeuntes que outros passantes admiravam minha música. Até que chamei a atenção de um garotinho. Ele começou a dançar no ritmo enquanto os pais conversavam com alguém no caminho, alienados daquela alegria. Quando se despediram e puxaram do alto o filho pela mão, ele esperneou apontando o dedo para mim, e seguiu dançando, ameaçando o choro toda vez que os pais arriscavam uma saída. Segui tocando o mais animado que pude.

— *Vámonos, vámonos!*

Eu fiz cara de criança, de pedinte para aquele pai, a mãe parecia estar curtindo às escondidas. O senhor bufou e me jogou umas moedas, e até deixou escapar um sorriso quando viu o filho contente. O pequeno dançou mais um pouquinho e depois foi arrastado aos prantos, sem acordo. O pipoqueiro me parabenizou pelo primeiro níquel conquistado e sugeriu de eu ir tocar lá embaixo. Os seresteiros já tinham ido embora, provavelmente para os mirantes próximos do mar.

Na divisória entre as escadas que levavam até a ponte havia pequenos jardins. No último, dividindo o pátio, um solteiro poste de luz brotava propício para os artistas. Me alojei e dei continuidade ao número, agora com "Mas que nada", do Ben, conhecida internacionalmente. O violão estava agradável de tocar e eu conseguia repetir a música sem cansar muito a voz. A estratégia era olhar o movimento dos passantes e aumentar a potência de acordo com a proximidade das pernas que ganhavam a ponte. Inicialmente havia um estranhamento por parte da plateia, o som não era muito familiar, como o espanhol ou inglês que estavam acostumados a ouvir na boca de outros artistas. Era música brasileira, e atraía as pessoas. As moedas foram chegando naturalmente, o tilintar de cada *centimo* comemorado, aumentando a ansiedade de saber o faturamento da noite. O filho de uma vendedora de água me rondava, brincando de se esconder de mim, dizendo *hola* e abaixando-se atrás da mureta. Tudo era perfeito e a vida valia a pena. Troquei de ponto algumas vezes noite adentro; no mirante do mar, nos bancos do parque municipal, e na porta dos restaurantes desviando dos simpáticos guardinhas que, geralmente, faziam vista grossa para os artistas de rua.

Avistei, já um pouco combalido pelo cansaço inebriante dos trabalhos agradáveis, Clau e Pedro caminhando de braços dados; eram a imagem do afeto. Responderam ao meu aceno e contribuíram com alguns soles. Me acompanharam até em casa e vibraram com cada dezena conquistada, as moedas espalhadas na cama, iam se organizando aos montes. Cinquenta soles ao todo. Gómez chegou com a cesta coberta, atuando porcamente um ar triste, como de costume. Levantou o pano e só havia migalhas dentro dela, e nós rimos da piada batida e conhecida, mas genuína, como os episódios de *El Chavo* que todos conhecíamos. Precisávamos comemorar aquela noite de sucesso nos negócios!

— *Anticucho?*

Deixamos o *hostel* para lá das dez da noite. Nas travessas da Avenida Aymará, várias casas de dança, bares e restaurantes aglomeravam jovens adultos na porta. Me explicaram mais ou menos o que era *anticucho* e eu preferi descobrir no restaurante. Não me frustrei. Foi colocado diante de mim, após um dia assombrado pela possibilidade de fome, um prato com um enorme espeto de coração de boi acompanhado de uma espiga de milho do tamanho de um abacate grande. Rachamos uma cerveja e dormimos feito crianças em férias.

Trabalhei obstinado nos dias restantes, cheguei a faturar de cinquenta a setenta soles por dia. O dinheiro escoava no almoço e janta, em alguns caprichos noturnos, um prato mais rebuscado, a entrada numa casa de dança em busca de paixões internacionais. Em uma dessas conheci uma garota e troquei um dia de trabalho por um passeio no centro histórico da cidade, coroado com beijinhos no centro da praça, promessas de reencontro e muitos quitutes que, aos bocadinhos, esvaziaram meus bolsos. Partiria no dia seguinte, o táxi abusou de mim na hora de cobrar a corrida até a rodoviária e eu saí de Lima só com o dinheiro para um salgado. Os restaurantes isolados na estrada metiam a faca, e eu tinha que me saciar com parcas provisões de grãos e frutas cristalizadas.

A sorte é que um rapaz da Colômbia, que se apresentou como Stevenson, e que estava viajando há quatro dias desde lá, compartilhou comigo bolachas, queijo e outros petiscos durante a viagem. Ele voltava para o Brasil com o objetivo de reencontrar o namorado, um mediano ator de novela, segundo ele. Falava com orgulho para mim do trabalho que fazia prestando assessoria para restaurantes de comida colombiana, reclamava da sogra e ouviu com entusiasmo minhas aventuras nas ruas de Barranco. Foi uma boa companhia no ônibus, até Cusco, pois seu lugar estava reservado para um passageiro que embarcaria ali, na capital do Império Inca. Prometi lhe pagar uma feijoada assim que chegássemos no Brasil, e torci para o cartão de débito não me deixar na mão.

No primeiro restaurante após a fronteira, o bip da máquina soou como música para mim.

Transação aprovada. Eu, Stevenson, uma feijoada grande, caipirinha e provisões para o caminho: chocolates, salgadinhos de saco e, claro, paçoquinhas.

ÔNIBUS

Aguardo sentado no chão da plataforma. Uma porta de vidro inibe a passagem para o embarque das pessoas que já se amontoam em filas. Colossais bagagens, crianças com camisetas de segunda mão, quase todas do Corinthians Paulista; o frenesi de quem está prestes a embarcar numa viagem de volta para casa ocupa o saguão. Eu ansiava o início de um grande passo, uma descoberta, o frescor das novas possibilidades do outro lado da porta, que não se abria nunca, na figura do grande ônibus que, Brasil acima, me embalaria. Me acompanhava uma mala de mão, ocupada de roupas, além de uma mochila pequena, com itens de higiene pessoal, documentos, barras de cereal para o café da manhã em plena estrada e dois livros: *As veias abertas da América Latina* e *Olhai os lírios do campo*. O primeiro pelo clichê de compreender, conjuntamente, a formação histórica do continente nas palavras de Galeano, no país que passaria diante dos olhos e no país que era meu almejado destino. O segundo, devido a uma promessa antiga, quase findada, de ler dez autores nacionais, sendo Veríssimo o nono, se não estou enganado, falando de um Sul que se afastaria cada vez mais no tempo e no espaço conforme o ônibus avançasse a caminho de Cusco.

São quase 20:00; ele chega, soberano. Forma-se uma longa fila aguardando o embarque. A barreira de vidro se abre, eu me alinho entre os viajantes, cumprimento o motorista e subo, apertando os olhos para confirmar o número da minha poltrona, no bilhete e acima dos assentos.

EPÍLOGO

— **Sabe que**, desde que Ícaro nasceu, a gente nunca viajou?

— E sobra dinheiro?

— Não, eu sei, mas sei lá.

— Tá tudo bem?

— Olha.

— Que foi, dessa vez?

— Ganhei uns dez contos.

— Como assim?

— Dez mil reais. É mais do que o suficiente para a gente viajar.

— Daonde veio esse dinheiro? Quero dizer.

— Senta aí. Calma.

— Só fala logo!

— Não trabalho mais no laboratório. Pedi as contas.

— Ficou maluco?

— Escuta, por favor! Eu estava mal lá, não tinha coragem de te contar.

— Porra!

— Não estava rendendo, nem feliz.

— Mas assim, do nada?

— Eles estavam fazendo uns cortes também. Não foi tão do nada. Já vinha planejando há um tempo, por sorte consegui um acordo.

— Agora você sem trabalho e eu só com o restinho da rescisão.

— Tenho uma quantia boa pra receber, fora o seguro.

— Parece que você tá feliz!

— É estranho, mas estou sim. Não vamos torrar tudo, não sou louco, mas não fizemos nada em dois anos. Escuta, meu bem, vamos tirar um tico pra nós três, pra tentar fazer alguma coisa da gente. Senão...

— Às vezes eu acho que devia te botar pra fora de casa, voltar a morar com a minha mãe, sabia? Mas, por mais que eu esteja puta...

— Vale a pena, não vale? Estar junto?

— Para onde quer ir?

— Tá falando sério? Não faz isso com esse coraçãozinho.

— Para de ser besta e fala logo, antes que eu mude de ideia.

— Não, não, não! Pera aí, presta atenção. A gente tira uma parte dessa grana, só para a viagem, e o resto eu guardo na poupança. O seguro dá uma força no aluguel, pelo menos, e a gente usa essa reserva para outras coisas. Enquanto isso eu vou procurando outro trampo, assim que a gente voltar, que tal? Precisamos dessa folga.

— Tudo bem, entendi, mas e aí? Não me venha com Prainha Branca.

— Era minha primeira opção.

— Amor, o Ícaro não vai para aquela praia de maconheiro.

— Não, não, faz sentido, você tá certa. Fora que tem a trilha, é pesado pra ele ainda, era brincadeira.

— Nem pra fora do país.

— Ok, eu sei, eu sei! Deixa eu ver. Ouro Preto? Paraty? Petrópolis. — Tô começando a me empolgar.

— Tô falando.

— Deixa eu ver aqui no GPS quanto tempo dá de ônibus.

— É rapidão.

— 12 horas de ônibus para Ouro Preto, pode esquecer.

— Pior que o Rio não dá menos de 4, pensando aqui.

— Será que não é melhor a gente guardar essa grana?

— Não se entrega, por favor, vamos viajar, nem que seja para Mairiporã, nem que a gente alugue um chalé no Embu, uma casa em Parelheiros, uma chacarazinha com espaço para o Ícaro correr e ter contato com o mato, tomar picada de formiga, sujar o pé de barro...

— Mairiporã é quarenta minutos daqui.

— É a viagem mais rápida do Terminal Tietê.

— Se bobear, até compensa ir de aplicativo; não deve ser caro, já que você tá todo todo de grana agora.

— Bora arrumar um mato lá então?

— Bora!

— Agora vem cá, deita aqui. Vamos assistir alguma coisinha antes do Ícaro acordar.

— Eu escolho.

— Amanhã a gente começa a planejar, tudo bem?

— Pode ser.

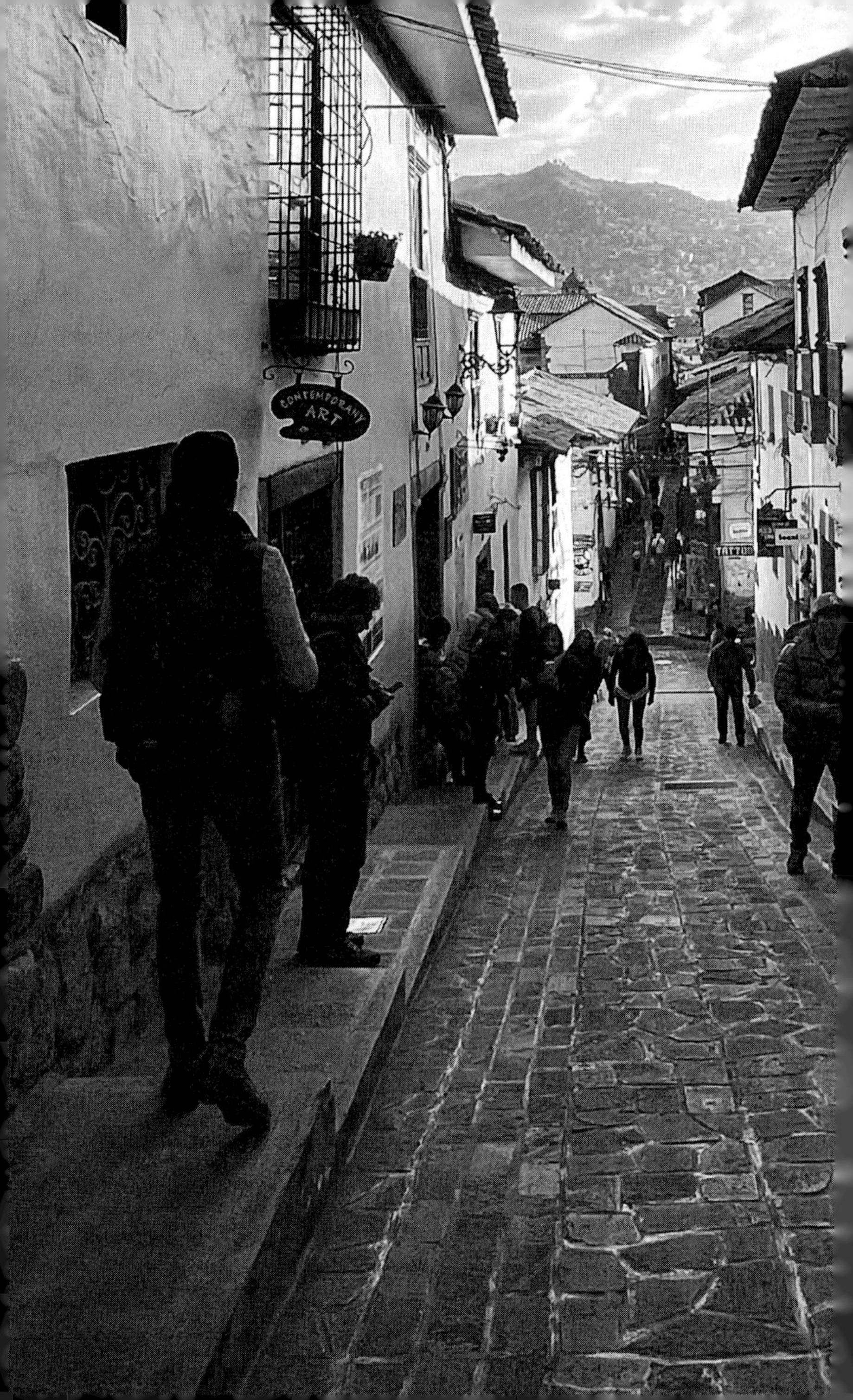
CONTEMPORARY
ART

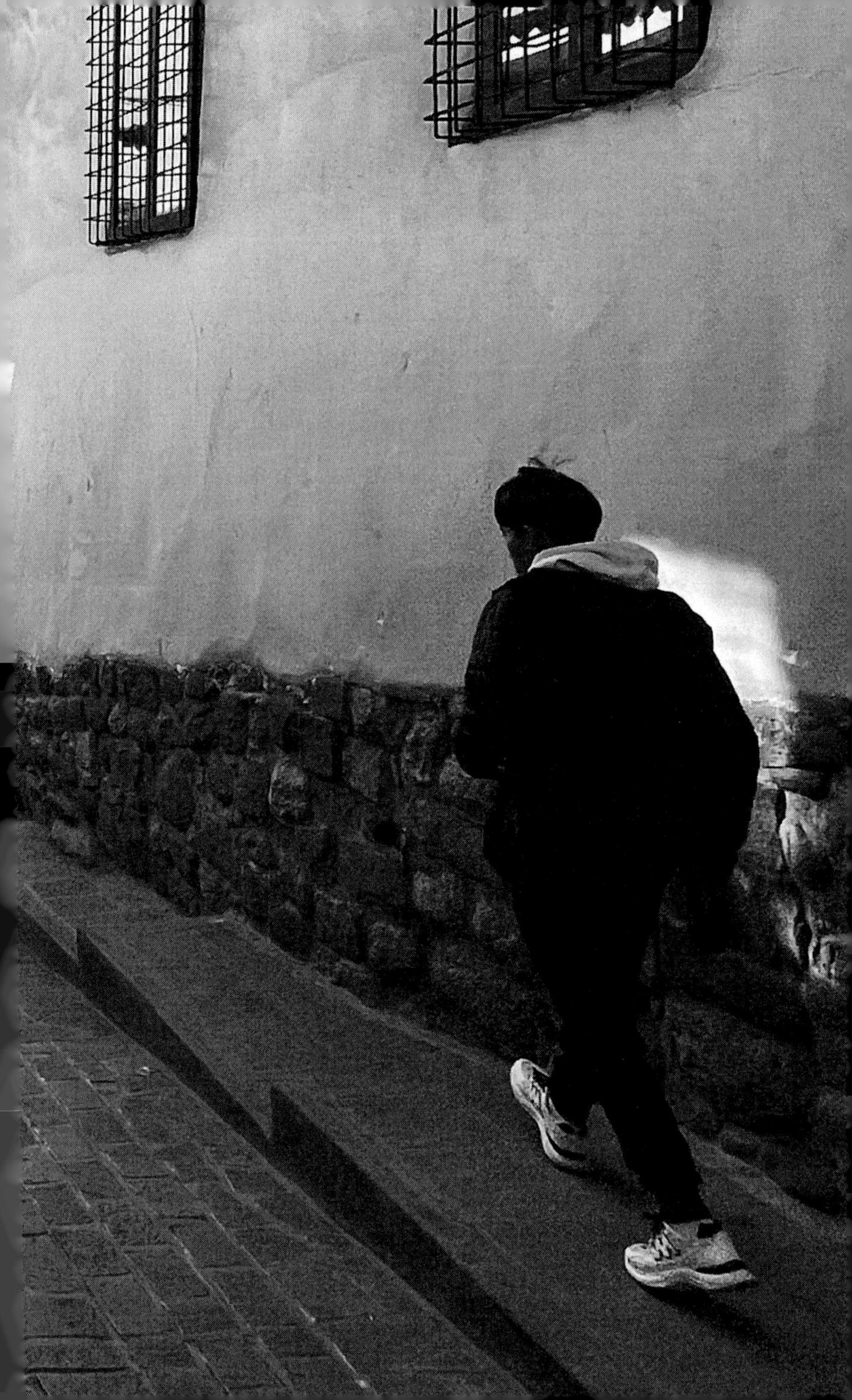

© 2024, Thiago de Castro

Todos os direitos desta edição reservados
à Laranja Original Editora e Produtora Eireli
Rua Isabel de Castela, 126 – Vila Madalena
São Paulo – SP – CEP 05445-010

www.laranjaoriginal.com.br

Edição: Beto Furquim e Gabriela Fellet
Projeto gráfico: Yves Ribeiro
Revisão: Beto Furquim
Produção gráfica: Bruna Lima
Fotografia do autor: Daisuke Kayashima
Imagem da capa: Téo França

Dados Internacionais de Catalogação na Publicação (CIP)
(Câmara Brasileira do Livro, SP, Brasil)

```
Castro, Thiago de
   Meus sapatos ainda carregam a poeira de Cusco /
Thiago de Castro. -- São Paulo : Laranja Original,
2024. -- (Coleção pêssego azul)

   ISBN 978-65-86042-91-7

   1. Romance brasileiro I. Titulo. II. Série.

24-188480                              CDD-B869.3
```

Índices para catálogo sistemático:

1. Romances : Literatura brasileira   B869.3

Cibele Maria Dias - Bibliotecária - CRB-8/9427

COLEÇÃO ● PÊSSEGO AZUL

Títulos desta coleção:
Meus sapatos ainda carregam a poeira de Cusco – Thiago de Castro
Vassoura atrás da porta – Ângela Marsiglio Carvalho
Coleção de pensamentos – Beatriz Di Giorgi

Fonte Minion Pro
Caixa de texto 95 x 166 mm
Papel Pólen Bold 90g/m²
nº páginas 88
Impressão Psi7
Tiragem 150 exemplares

O beijo

Estava tocando uma música da Billie Ellish que ela não sabia o nome, mas adorava. Era fã da cantora e viu Pedro descer do carro no momento em que Leo parou em frente ao portão vazado. Já fazia dois anos da primeira vez em que tinham se falado e algumas semanas que vinham escalando juntos, formando dupla. Subiam com Milly ou Beatriz e, aos finais de semana, Zé Belo e Leo se juntavam ao grupo e assim se formava uma amizade mais madura que no ano anterior. Sempre tinha um adulto por perto — ela ainda não estava autorizada a escalar apenas com amigos. Questionava essa autorização, dizia que já estava pronta, mas os pais não queriam saber desse papo de jeito nenhum.

Era aniversário de dezesseis anos da Bibi. Ela já era uma moça grande, perto do que Duda estava acostumada. Não era uma festinha infantil, das quais ela ainda participava. Agora, ela estava perto dos adolescentes, os jovens escaladores, e não se intimidava. Bibi era três anos mais velha e foram companheiras de muitas brincadeiras durante anos. Quando Bianca voltara do intercâmbio, alguns meses antes, as duas entraram em conflito porque a diferença de idade ficou mais explícita. Agora, Bibi tinha aprendido *cheerleading*[30] nos seis meses que

---

30 *Cheerleading*: prática que combina elementos de dança, acrobacia, ginástica e gritos de apoio; inicialmente associada a torcidas de esportes universitários e esco-

passara no Texas, e voltou dando a notícia de que iria passar as férias de julho treinando o *cheer* em Uberlândia, onde tinha o time mais forte do esporte no Brasil. Duda ficou triste. Imaginou que a amiga iria voltar fortona dos EUA, querendo subir o grau da escalada das duas e não ficar dando piruetas no ar, correndo o risco de quebrar o pescoço.

— Não fala assim, Du. Não vou quebrar o pescoço.

— Mas, ah. Sei lá...

— No Texas, não me encontrei no *climb*. Todo mundo da escola estava no *cheer*, então, quando a treinadora me viu, leve e forte, logo me levou pra ser *flyer*.

— Que que é isso?

— As meninas que "voam". O topo da pirâmide. Que ficam lá no alto fazendo as acrobacias.

— E essa história de ir pro Triângulo Mineiro?

— Uberlândia tem uma história de construção de grandes atletas. Gente que saiu de lá e foi competir em times gringos. Me convidaram. Tia Dessa, amiga da minha mãe, fez a "ponte". Ela foi *cheer* antes de se tornar a mulher a mandar os graus mais altos do Cipó. Minha mãe conta que ela chegou divulgando o *cheer* de Uberlândia e o povo da escalada ficou surpreso como o esporte ainda era restrito no Brasil. Isso foi antes dos Campeonatos Sul-Americanos serem em BH.

A amiga iria embora em breve. Não fariam parceria na temporada. Mas Pedro chegou. *O universo tira e doa,*

---

lares; seu principal objetivo é animar o público e apoiar equipes esportivas.

Duda pensou. Naquela festa se sentia mais adulta. Pedro a fazia se sentir assim. Ela até tinha passado o delineador azul de sua mãe.

— Adoro essa música — disse ele.

— Eu também. Você sabia que a Billie tem uma doença... que chama... esqueci... é algo que dá uns tiques nela.

— Sabia sim. Ela é muito foda.

— Ela é autêntica demais. Enquanto as famosas tiram fotos de salto, ela tá de coturno!

Ele riu e comentou:

— Tenho visto você fazendo V6, incrível, parabéns!

Ela gelou. Não sabia o que dizer. Acreditava que seu primeiro beijo seria em Kiko, já pensava nisso há alguns meses. Esperava sua chegada em algumas semanas e esquecera que Pedro também visitaria o Cipó. Caiu de paraquedas, ali, bem na sua frente, esse rapaz alto e de cabelo lisinho, meio oleoso, bem adolescente. Os dois rapazes até se pareciam fisicamente: eram altos e tinham cara de gringo. *Na verdade, Kiko era gringo! Quer dizer, meio gringo*, pensou. A fala travou e não disse nada. Não sentia autonomia para flertar. Não sabia como agir. Refletiu sobre estar diante de um problema como o de um *boulder*. Melhor seria reparti-lo em pequenas partes para tentar solucionar.

— Pedro, vamos fazer *boulder* no final de semana que te mostro os problemas que tenho enfrentado na pedra — disse ela.

— Vamos sim. Mas o que você tem feito de grau em rocha?

— Com estratégia — sorriu. — Por mim, viraria para os dois dígitos no próximo ano, mas fica todo mundo me pedindo calma, então estou na casa dos nove. Fizeram um planejamento: com sete anos guiava quintos; com oito guiava sextos; com nove, desafios nos sétimos, e assim por diante. Nas duas últimas temporadas, tô brigando pelos oitavos e nonos. Uma burocracia danada.

O rapaz riu da desenvoltura da menina ao desenhar sua trajetória na escalada guiada. Ela morava no maior pólo de escalada esportiva do Brasil e certamente se tornaria uma grande escaladora nessa categoria. Curioso, perguntou:

— Qual o seu forte?

— Como assim? — Ela sabia, mas prolongou a curiosidade dele.

— Qual das modalidades prefere?

— Eu cresci praticando os dois. Zé Fernando nunca me deixou ficar confortável nas vias sem me ralar inteira nos *boulders* de Conceição.

— Sério?

— Sério. Ele ama aquilo ali. Pelo menos uma vez por semana a gente faz um "bate e volta".

— Dizem que em alguns anos a modalidade *Boulder* e Guiada das competições vai se separar em pódios diferentes.

— Putz, aí eu tô perdida, porque amo as duas.

— Eu escolheria *boulder* — disse ele.

— Eu escolheria via — disse ela.

Cinco dias depois, o grupo de amigos foi ao salão de pedras, a setenta quilômetros do Cipó, em Conceição do

Mato Dentro. Ironicamente, na mesma tarde, Kiko chegou com uma turma da Dinamarca. Seu pai trouxe dois escaladores, também seus alunos, para conhecer o Brasil. Os meninos tinham entre treze e quatorze anos e causaram um estardalhaço quando chegaram em Conceição para a mesma sessão de *boulders*. Muita zoação, a galera nova logo se sentiu em casa, e Duda se esqueceu do efeito que Kiko tinha sobre ela. A adolescência é uma época confusa e bagunçada, mas Pedro era gentil e a dupla trocava afinidades já há algumas semanas. Ele a chamou para voltar no mesmo carro. Ela foi. No banco de trás, ele pegou na sua mão.

Caraca, tô fudida.

Beijou o amigo na boca e acabou se esquecendo de qualquer sentimentalidade. Semanas depois, Kiko lhe perguntou:

— Você está namorando?

Seria possível alguém realmente querer alguém apenas por não estar disponível? Sim. Parecia que sim. Sim, sim, sim. Ele lhe perguntava isso pois se incomodara. Ela veio a entender isso mais tarde, porque havia feito a burrice de negar ao dizer:

— Não. Pedro e eu somos amigos.

— Eu não disse o nome dele.

— Somos amigos — repetiu, enfática.

— Nós somos amigos e a gente não se beija. — E a beijou.

Tinha sido boca virgem durante treze anos, e agora, em um intervalo de semanas, dois rapazes haviam a tocado nos lábios. Embolou-se em Kiko por alguns anos, e acreditava que ele a beijara apenas por se incomodar com o beijo no amigo, apenas por isso. Ele não estava apaixonado. Deveria ter escutado seu instinto e recuado. Ele nunca seria dela. Estava apenas enciumado em um porto onde usualmente se sentia seguro. E ela, anos depois, a maior atleta de escalada mundial, três medalhas de ouro no peito, um nome tão forte quanto as maiores do esporte, ainda era suscetível ao olhar dele e à sua presença.

>>>>>>>>

— Qual foi seu primeiro resultado de destaque mundial?
— A primeira vez que senti que poderia vencer internacionalmente foi aos quatorze anos, no Mundial Juvenil nos EUA. Não peguei pódio, mas esse resultado me deu projeção para a Bolsa Atleta Internacional e me colocou no radar do Comitê Olímpico Brasileiro (COB). Entrei no Programa de Jovens Atletas para o Circuito Olímpico de 2040, o que permitiu o financiamento de todas as viagens que fiz nos últimos quatro anos. Acreditaram que eu e Julia Fontes éramos as promessas da escalada brasileira. Fui a alguns *Training Camps* (workshops com treinadores estrangeiros) e, às vezes, pensava, insegura: *O que faço aqui?* As atletas estrangeiras são tão fortes! Eu e Ju conversávamos com a psicóloga que nos desafiava a dizer: "Podemos estar aqui. Viemos para aprender".

— E chegar tão perto assim não te deixava frustrada?

— Olha, eu já fiquei em diversos sextos, quintos e quartos, na beira do pódio. Claro que fico com raiva. Primeiro fico muda e Zefé me provoca. Fico "pê da vida" porque sei que a fala dele vai me empurrar para frente. No dia, sinto uma frustração, mas no dia seguinte vem uma motivação e fico querendo tentar o meu melhor.

— Obrigado pelo seu tempo, Duda.

— Escuta. Eu tenho amigas que já me disseram que o mundo iria acabar em cinco anos. Mas eu tô a fim de viver a vida de atleta e ver onde isso vai dar. E veja onde me trouxe!!! Esse primeiro resultado, de South Lake, me marcou muito. Nesse ano, vi colegas de time optarem por outro caminho. Talvez por uma vida "mais fácil", mas não julgo. Ser atleta internacional não é para todos. De tempos em tempos, alguém desiste. Hoje olho para trás e vejo que chegar em primeiro é uma construção.

— *Thank you again*[31] — a tradutora se embolou e repetiu em inglês o que o repórter disse.

— *De rien*[32], volte sempre — brincou a menina, em francês.

>>>>>>>>>

---

[31] Obrigado mais uma vez.
[32] De nada.

Chamonix

No verão de 2035, uma turma de escaladores foi para Chamonix aproveitando que o Campeonato Mundial de Escalada Juvenil aconteceria por lá. Tamara e Alonzo comemoravam os vinte anos da lua de mel que passaram na cidade. Há anos, uma amiga, a ultramaratonista Fernanda Maciel, morava nos Alpes. Na ocasião, Duda e Beatriz, juntamente com o casal, se hospedaram na casa dela, que seguiria para o Cipó se hospedar na casa deles.

Era uma ocasião única, circular entre atletas estrangeiros numa cidade que respirava esportes de aventura. Zé Belo e Zé Fernando ficaram na casa de Felipinho Camargo, que passava aquele ano na França. Felipe atingiu o maior patamar da escalada brasileira, tanto em termos de graduação e dificuldade das vias quanto de patrocínios e apoio de marcas. Uma coisa era consequência da outra. A oportunidade de estar com Felipe e Fernanda, ambos "atletas Red Bull e The North Face", era excepcional para a menina. Fernandinha era uma máquina de quebrar recordes, e naquele verão, com mais de cinquenta anos, sua performance em alta montanha brilhava. Na parede de sua casa havia uma foto de Tamara e Alonzo com os noivos, quando de seu casamento no verão de de 2024, em Ouro Preto.

—E essa foto? — a menina perguntou para Tamara.

A imagem mostrava Alonzo ao centro de dois grupos de pessoas, no que parecia uma varanda florida, com todos vestidos de festa.

— Loló celebrou o casamento da Nanda com o Martin.

— Que legal!

— Fernanda queria uma pessoa que tivesse conhecimento de montanha e fosse um amigo, claro. Ela sentiu a sensibilidade dele para a ocasião, além de poder celebrar em dois idiomas, para a família do Martin poder compreender.

Alonzo falava baixo e tinha uma voz calma. Tamara brincava que ele era um "lobo em pele de cordeiro", apenas parecia manso, mas na realidade não era.

À noite, todos reunidos em um típico restaurante de comida alpina com muita batata gratinada ao forno, queijo e bacon, Duda olhava para Felipe intimidada. Queria perguntar um milhão de coisas. Sabia que ele, quando era apenas um pouco mais velho do que ela, tinha tido um padrinho escalador muito importante, o espanhol Patxi Usobiaga.

Tomou coragem e lançou:

— Felipe, o que devo escalar aqui? Estou na meca dos esportes de montanha. São tantas opções, gelo, rocha, muro, até *BASE jump*. — Olhou para o pai sorrindo. Sabia como ele reagiria.

— *BASE jump*, minha filha, se liga! — disse o pai, reagindo à ousadia da filha de brincar com isso.

— Uai, pai. Tô na chuva, posso me molhar!

O pai e Zé Fernando sorriam. Ela era uma piadista. Zé Belo e Felipe eram amigos desde 2022, quando fizeram juntos as cavernas do Petar. O atleta paulistano deu sinal verde para Zé levar a menina para a França, e disse que "gastaria a atleta até ela pedir penico" após as competições.

— Primeiro, foco no Campeonato, depois, para relaxar, vou te levar para escalar no gelo e fazer umas multicordadas legais, perto da Aiguille du Midi. Por enquanto a gente deixa o *BASE jump* de fora — disse Felipinho, rindo.

— Quero ser campeã olímpica!

Fez-se silêncio na mesa. Quem iria contra os sonhos de uma menina de quinze anos? Ela ficou entre as dez finalistas em seu primeiro Mundial Juvenil, um ano antes nos Estados Unidos. Há dois anos, ganhava ouro em todas as competições sul-americanas e campeonatos brasileiros que participava. Este era seu primeiro Juvenil na Europa. Estava segura de si.

Felipe se adiantou. Ele entendeu que a afirmação era pra ele. Ela sabia a reverência do grupo por ele, por isso queria saber o que ELE achava de seu sonho.

— Entendo seu desejo. Acredito muito na escalada brasileira. Na virada dos anos 2000, ninguém diria que em menos de quinze anos o Brasil seria "A" referência do surf mundial. Meus amigos de Red Bull foram os primeiros a virar essa chave e você sabe como estamos. Ano sim, e outro também, somos pódio.

— Por que você não insistiu e fez pelo *climb* o que o Medina fez pelo surf?

Tamara e Alonzo conversavam em tom mais alto sobre ela querer um prato sem queijo e ele querer bacon. Ela detestava comida pesada e tinha intolerância à lactose, por isso sempre optava por pratos veganos, mesmo sem ser vegana. Aquele restaurante não tinha nada pra ela. Alonzo perdeu a paciência e se virou para a conversa mais interessante que acontecia ali, ao seu lado. Se o papo era o surf, Alonzo conhecia a história. O *Brazilian Storm*, movimento de atletas vencedores dos Campeonatos Mundiais de Surf, iniciado por Gabriel Medina, em 2014, tinha sido acompanhado por ele, milimetricamente. Ele respondeu no lugar de Felipe:

— Porque foi somente quando a Prudential entrou com o patrocínio à escalada brasileira que nossos atletas entraram no mesmo circuito que os estrangeiros. Medina ganhou o primeiro Campeonato Mundial aos vinte anos, suas chances aconteceram mais cedo.

— Duda, você sabe que optei por conquistas na rocha porque campeonato tem todo ano e sempre vai ter alguém que pode pontuar melhor. O que eu faço na rocha é meu, eternamente, especialmente os F.A.'s — disse Felipinho. — Precisamos de uma geração inteira de atletas nascidos na escalada, como você, para transformarmos o esporte nesta força descomunal que nosso surf é — acrescentou.

— Sim, claro — assentiu a menina, de forma madura. — Mas quero seguir até o Pan de 2038 pegando pódios e levar o ouro pro Brasil em 2040.

— Ok. Seu time está aqui para apoiar seus sonhos.

Felipe olhou ao redor da mesa. Eles acreditavam nela, mas tinham medo de dizer. O salto era grande. Nenhum atleta tinha chegado tão longe.

— Foca na sua mudança para a categoria Pro nos campeonatos mundiais. Enquanto isso, vá a todas as etapas da Copa do Mundo que conseguir — continuou Felipinho.

— Sim, sim — disse ela. — A CBE pensa estrategicamente nesse circuito para que mais atletas pontuem e entrem nos campeonatos continentais.

Zé Fernando pôs a mão no ombro da menina e deu uma garfada grande de batata, querendo dar leveza para o que iria dizer:

— Campeonato Mundial, Duda, tamo aqui, vai ser *top*!

— *Top*! Que expressão mais antiga. — Ela não perdia uma oportunidade de zoar seu treinador. Continuou: — Vai sim, Tio. Te garanto *top* 5, tá?

A brasileira de quinze anos ficou em terceiro lugar em seu último Campeonato Mundial na categoria Juvenil. Que bela despedida. Em dois anos, no próximo Campeonato Mundial, a atleta teria dezessete anos e poderia competir na categoria Pró-adulta. Continuaria, obrigatoriamente, competindo pelo Juvenil até os dezoito anos, só assim garantiria os benefícios que essa categoria lhe dava, como os *Training Camps*. Pontuando junto aos adultos, brigaria por sua participação no Pan-Americano e pela sonhada vaga nos Jogos Olímpicos. Sorrindo, sem tradutor necessário, atendeu a dezenas de repórteres, especialmente das mídias latino-americanas, impressionados por este seu primeiro pódio internacional.

—Quais os planos para as Olimpíadas de Seoul?

—Não, minha Olimpíada não é a deste ano, mas sim a de 2040, em Paris — respondeu a todos.

Pelas três semanas seguintes, Duda e seus colegas de Time Brasil juvenil seguiram para a Eslovênia a fim de treinar com Roman Krajnik, ex-técnico de Janja Garnbret.

Desilusão

— Tô preocupada com a Du — disse Tamara para Zé Fernando.

— Por quê?

— Porque ela voltou da Europa dizendo que viu meninas desiludidas, questionando o futuro. Um papo de apocalipse, algumas dizendo que não poderiam definir estratégias de carreira pois o futuro traria guerras, pandemias e incertezas.

— Ixi, que *bad vibe*.[33]

— Concordo. Também disse que viu formas diferentes de treinamento e que na Eslovênia é mais polimento e menos desgaste — completou Tamara.

Zé Fernando pensou. Seria natural a menina questionar sua realidade à medida que vivenciasse novos cenários esportivos. As eslovenas vinham de quatro gerações de atletas femininas com destaque internacional, e Janja Garnbret foi a apoteose dessa trilha. As atletas eram absurdas. Não precisavam mesmo forçar o músculo como no Brasil, e sim polir os movimentos.

— Vou conversar com ela — ele disse.

— Ao mesmo tempo, notícia boa. Duda disse que finalmente está segura com sua performance na escola. Entendeu que não pode ficar ansiosa com as faltas e que

---

[33] Vibração ruim.

não adianta tentar abraçar todo o conteúdo didático. Decidiu por escolher assuntos que irão cair nas provas e assim ela se garante, mesmo ficando dois meses fora do Brasil.

— Excelente. Essa pressão pode dar uma força para ela. Seu desafio é não se deixar levar pela vibração de outras garotas.

Naquela tarde, Zé Fernando se aproximou da menina após uma sessão de suadeira de abdômen.

— Du, me conta desse papo de fim do mundo que alguma atleta jogou sobre você.

— Foi nada demais. Ela disse que as mudanças climáticas irão destruir metade do planeta.

— Ela quem?

— Irina, uma menina russa que ficou no meu quarto, em Liubliana.

— Tadinha. A Rússia tem uma história difícil, assim como o Brasil. Diferente, mas complicada.

— Ela disse que não era uma pessoa muito esperançosa, isso me assustou um pouco.

— Com o próprio futuro ou o da humanidade? — indagou o técnico.

— Acho que com os dois.

— Du, uma atleta internacional como você irá conhecer gente do mundo inteiro, com backgrounds muito diversos, mentalidades diferentes, hábitos culturais distintos e até criações familiares. Atenção com isso! Proteja-se.

— Acho que ela estava sendo cobrada para emagrecer.

— Por que diz isso?

— Ela reclamou. Disse que alguém da equipe técnica ficava pegando em seu pé quanto à alimentação.

— Que concepção mais antiga. Esse estereótipo de escalada já ficou lá atrás. Quantas atletas mais pesadas são grandes medalhistas!

— Concordo.

Duda era parte desse antigo padrão da escalada. Magra e forte. Seu olho encheu de água. Teve pena das meninas que sonhavam em ser atletas, mas nasceram com formas corporais diferentes do antigo padrão de escaladores.

O ano era 2036 e ainda haveria um caminho a ser percorrido quanto ao percentual de gordura de atletas de alta performance. Especialmente do sexo feminino. *A sociedade evolui a passos de tartaruga*, pensou a atleta.

El Chaltén

— Tia Branca me chamou para ir para El Chaltén — Duda disse, olhando para Zé Belo.

O pai olhou para a mãe, que olhou para Tamara, que olhou para Zé Fernando, que olhou para Milly, que olhou para Alonzo, que disse:

— Para fazer o quê, exatamente?

— O trekking até a base da Californiana, no Fitz Roy.

Beatriz arregalou os olhos. A filha não tinha experiência em escalada no gelo, mas sabia que esse dia iria chegar. Ela tinha dezenove anos, prata no Pan e vaga olímpica garantida. Sua carreira estava super bem desenvolvida em escalada esportiva e treinava nas rochas brasileiras. Não no gelo.

Aquele assunto assustava a todos. Nunca, mas nunca, superaram a perda do amigo Leandro Iannotta em 2019, em um acidente no Fitz Roy, em El Chaltén. Escalador de ponta, parceiro fiel, sonhador das montanhas e entusiasta de novos escaladores — ele havia levado Tamara no que ela dizia ter sido a escalada mais difícil de sua vida: o platô do Tabuleiro.

— Você já tem maturidade — disse o pai.

— Branca é a pessoa perfeita para te acompanhar nesse reconhecimento de gelo patagônico — acrescentou Alonzo.

— Eu sei — disse a menina. — Quero entender novos cenários. Em dois anos estarei nas Olímpiadas e por ali ficarei brigando pelo ouro por alguns anos. Não quero deixar minhas experiências em paredes de gelo para depois. Acho que, se fizer isso agora, fará bem à minha maturidade.

— Não se afobe. Faça o trekking primeiro e depois decida se irá escalar a via antes ou depois das Olimpíadas.

Em seis de janeiro daquele ano, seis meses após essa conversa, Branquinha e Duda embarcavam para o extremo sul do continente americano.

Duda sabia que, para chegar na base do Fitz, seria preciso caminhar em glaciar, geralmente com crampons,[34] um piolet[35] de travessia e um piolet técnico. Branquinha tinha feito cume pela via Californiana em 2016, e foi a primeira mulher brasileira a finalizar essa escalada. Estava com a pessoa certa, tinha certeza.

— Por que a Californiana?

— Porque veio a calhar para todos, além de que Waldemar "é do gelo". Ele é foda em logística e um puta escalador, por isso foi importante para nossa expedição escolher uma via mista.

— E as meninas que tentaram antes de você: Roberta, Kika, Jana...

— Mulheres mais competentes que eu, tecnicamente. Creio em uma parada espiritual, a montanha me escolheu.

---

[34] Crampon: equipamento de metal acoplado à bota do montanhista para escalada em gelo e neve.
[35] Piolet: instrumento utilizado em escaladas, travessias e deslocamentos em neve e gelo.

Duda ficou pensando. *Parada espiritual.* Achou o termo vago e meio "podescrer". Não sabia o que significava esse encontro com Pachamama que, frequentemente, Tia Branca citava. Tio Alonzo também fazia a relação entre montanhas e espiritualidade. Precisava ler mais, precisava entender melhor esse impacto da imensidão das montanhas sobre essas pessoas, parte de sua rede de apoio. Nos Andes, as montanhas eram cultuadas. No Himalaia, o Chomolunga ou "Ever East", era considerado pelos tibetanos "a deusa mãe do mundo".

Montanhas e essa simbologia..., pensava a menina. Sabia que essa viagem seria o início dessa descoberta. "Vida e morte, morte e vida, pulsão de vida e pulsão de morte...", lembrou das palavras que ouvira, recentemente, sobre El Chaltén. Fechou os olhos e acordou com o impacto do pouso da aeronave. No aeroporto, pegaram o carro alugado.

Dois dias depois, as duas começaram a caminhada, numa tarde fria de vento patagônico, saindo de El Chaltén (400m) rumo a Laguna de Los Três (1200m). Duda tinha preparo físico para os dez quilômetros do dia e se sentia animada, mas levemente nervosa.

Rodearam a Laguna pelo lado esquerdo e viram a segunda lagoa, onde dormiriam até à meia-noite — ponto exclusivo para quem escala o Fitz ou alguma montanha que passe por ali, o Passo Superior. Passaram pelas cordas fixas, e Duda se lembrou de que uma pessoa da equipe de resgate do Mr. Bean havia se acidentado ali, na tentativa de ajudar o escalador, então desaparecido. Branca ia na frente e Duda atrás. A noite estava clara e a lua minguava. Seguiram por três horas até a Brecha de Los Italianos. A menina sentia firmeza em suas passadas, mesmo com a neve macia. Seus pés estavam frios, mesmo com a bota dupla, e não conseguia imaginar Tia Branca passando por ali com uma bota simples.

— Tia, meu pé tá frio, mas me sinto bem.

— O gelo está bom e torcemos para ficar assim quando voltarmos. Há uma grande diferença entre andar no gelo pela manhã e depois das quatro da tarde, quando já começa a derreter.

— Não acredito que andou molhada até os joelhos todo este trajeto.

— Estava tudo derretido e eu comecei a congelar. Quando a gente parava para descansar, eu movimentava o pé para manter minha circulação ativa. Lá no Passo, optei por seguir e pensei: *Tô gastando muita energia, minha unhas já estão se descolando, estou desidratada e congelando.* Decidi que tinha de sair dali. Virei as costas e saí sozinha.

Duda olhava incrédula. Sabia de partes dessa história, mas nunca com tantos detalhes. Sentia uma pontada no estômago.

— Como você sabia o caminho?

— A neve estava marcada, havia uma trilha que dava pra seguir. Quando as marcas de pegadas sumiram, pensei: *Putz, me arrisquei à toa.* Podia ter caído e desaparecido no glaciar, dentro de uma greta. Optei por esperar meus companheiros chegarem.

A Brecha se aproximava e Duda sorria por dentro. Eram seis da manhã e o sol se levantava vagaroso. O vento era fraco, com algumas rajadas fortes, mas era gelado. Tia Branca tirou o fogareiro e fez chá e sopa para as duas. A montanhista carregava os suprimentos necessários para produzir calor e alimento, além de seu equipamento pessoal, e sua própria água. Duda carregava, aproximadamente, cinco quilos do chamado "equipamento pessoal": sua água, petiscos, roupa, crampons e piolets. A barraca e outros itens mais pesados ficaram na Lagoa, onde dormiram na volta, na noite seguinte. Duda estava acostumada a andar com peso, pois já tinha feito travessias dentro do Parna Cipó[36] e arredores. O último trecho, até El Chaltén, seria com a mochila se aproximando dos dez quilos, por causa do saco de dormir e outros itens que usavam para o pernoite.

— Você sabe que o meu namorado, Cadu, na época do meu cume, veio até aqui me procurar?

— Como assim?

— Marcamos na Lagoa, às cinco horas da tarde, e quando ele viu que eu não chegaria, veio andando até aqui — contou Branca.

— Jesus amado.

— Ele tinha quebrado o braço antes de chegar na Patagônia e mesmo assim tentou me encontrar. Desci do rappel gritando pelo Cadu, eu sabia que não iria vê-lo.

---

36 Parna Cipó: Parque Nacional da Serrá do Cipó (MG).

Ele precisava ir embora e seu voo era no dia seguinte, por isso a longa caminhada, mesmo de braço quebrado.

— O que aconteceu?

— Cheguei às cinco da manhã e ele tinha deixado uma carta para mim.

— Por quê?

— Era o horário planejado, mas chegamos doze horas depois. Sempre conte com imprevistos, Duda. Não se escala uma montanha dessa sem cálculos, e os nossos deram errado.

Depois de meditarem e refletirem sobre morte e vida, as duas seguiram de volta, por cinco horas, até o Passo Superior. Duda estava exausta e eufórica. Desceram pelas cordas fixas, avistaram a Lagoa escondida e chegaram ao acampamento. Elas se abraçaram e choraram emocionadas.

— Naquela época, eu era totalmente crua. Fui ganhando consciência de gelo depois de escalar várias montanhas no Peru. O cume do Fitz me mostrou que funciono bem sob pressão, quando "a corda aperta", eu vou.

— Eu também quero aprender a funcionar sob pressão.

— Como atleta olímpica, talvez deva, será benéfico para você.

— E o namorado?

— Quem, Cadu? Namoramos três meses virtualmente, ele nos EUA e eu no Brasil.

— Nunca mais se viram?

— Nunca mais nos vimos.

— Que loucura — disse Duda.

— E você e Kiko, como funcionam com essa questão da distância?

— Não somos namorados, mas estamos constantemente enamorados — riu. — Ele tem uma questão de território comigo, de posse. Preciso trabalhar isso, pois eu deixo ele pensar assim.

— Cuidado menina, ninguém é "coisa" de ninguém.

— Eu sei.

Numa tarde, uma semana após seu retorno ao Cipó, Duda contou:

— Depois das Olimpíadas, vou passar um mês em El Chaltén com a Tia Branca. Vamos repetir a cordada feminina da Agulha Guillaumet.

O pai olhou para a mãe, que olhou para Tamari, que olhou para Zefé, que olhou para Milly, que olhou para Alonzo, que não disse nada.

FIM

Posfácio

Lua luou
Vento ventou
Rio correu pro mar
Foi beijar
As areias de lá

Mato queimou, fogo apagou
O céu escureceu
Vem de lá
Tambuzada no breu
Na casa aberta
É noite de festa
Dançam Geralda, Helena, Flor
Na beira do rio
Escuto Ramiro
Dona Mercês toca tambor

Lua azul, lua azul turquesa
Já que a casa está vazia
Vem me fazer companhia
Na janela da cozinha

Vou descendo o rio a nado
Parauna de mergulho
Pra salvar aquele moreno
Ô meu Deus
Beiço de caju maduro[37]

---

37 AMARAL, Chico; HENRIQUE, Flávio. *Casa Aberta*. Gravada por Marina Machado no álbum *Baile das Pulgas*. 1999.

Quando fui gravar meu primeiro disco, em 1999, me veio forte o candombe. Essa lembrança de um Cipó que não tinha muros e do candombe rolando nas "zareia" — subindo para a portaria principal do Parque, quando a estrada começa a ficar com aparência de areia. Meu pai me dizia: "Vamos andando". Eu, criança, com sete anos de idade, em noites de lua cheia, andava naquela direção e começava a ouvir aqueles tambores distantes. Íamos guiados por esse barulho e, chegando lá, já tinha fogueira queimando, pessoal tocando e dançando, e o cheiro que eu adorava! Me lembro de tudo, adorava aquele cheiro de comida, fumaça, cachaça, gente, e voltava para casa com esse cheiro forte comigo e feliz com aquela fartura.

Flávio Henrique, que produziu o disco junto com Chico Amaral, tinha uma melodia que eu adorava. Eu disse a ele: "Cê não vai colocar essa letra nessa música, não, porque essa música é minha". Adicionei, no refrão, uma referência oriental, de uma fase que eu estava cantando, também, em hebraico. Aproveitei o caráter World Music do disco e abri espaço para os tambores. Eu queria homenagear Dona Mercês, Dona Geralda, Helena e Vilma, as quatro cantoras que não deixaram o candombe da Serra do Cipó morrer. Essas mulheres fizeram um candombe feminista, ao contrário do original, em que elas só fazem coro. Nesse período, Maurício Tizumba me convidou para levar o candombe ao FAN, o primeiro Festival de Arte Negra de Belo Horizonte. Na ida, dentro do ônibus, comecei a anotar o nome de todo mundo e algumas outras palavras:

zareia,
tambu,
casa que nunca fecha,
dona Mercês acolhe,
Ramiro.

Saímos da porta do Palácio das Artes até a Praça da Estação. Tudo chamou muita atenção porque esse povo daqui é de uma beleza imensa.

Marina Machado
Cantora mineira
"Eu sou candombeira, candombeira eu sei que sou."

Glossário

ABRAÇO DA PEDREIRA: movimento ocorrido em 1989 como forma de impedir a exploração de empresa mineradora na Serra do Cipó, visando a criação da Área de Proteção Ambiental Morro da Pedreira.

ADRENALINE JUNKIE: habituado a descargas intensas de adrenalina.

ADRENANTE: derivado de adrenalina; expressão usada por escaladores para se referir a algo que gera medo.

AGARRAS: saliências na rocha com características próprias para escalar. Nomes específicos: agarrão, batente, abaulado, pinça, entre outros.

AGULHA GUILLAUMET (2.579 METROS): formação rochosa localizada no campo de gelo sul da Patagônia. Ela é um dos objetivos iniciais para escaladores que visitam a região e desejam se familiarizar com a rocha, a neve e o vento.

ALEXANDRE "FEI": escalador mineiro responsável pela maior parte de vias abertas na Serra do Cipó, Serra da Bocaina, entre outras. Autor da abertura da via mais graduada no Brasil, a "Autorretrato" (12ª – Serra do Cipó).

ARNÊS: do inglês, *"harness"*; cadeirinha de escalada. Consiste em um equipamento de segurança que prende o escalador pela cintura e pelas pernas como forma de ligá-lo à corda.

APA: Área de Proteção Ambiental. (Ver Morro da Pedreira).

BASE (BUILDING, ANTENNA, SPAN, EARTH) JUMP: qualquer salto de paraquedas a partir de objetos fixos, que podem ser prédios, antenas, pontes e penhascos.

BASE JUMPER: quem pratica BASE jump.

BAUDRIER (FRANCÊS): equipamento de escalada; cadeirinha ou arnês.

BETAS: dicas para se escalar mais facilmente.

BOULDERS: tipo de escalada; blocos de pedra onde se escala.

BOLSA ATLETA: programa do governo federal brasileiro para patrocínio individual de atletas de alto desempenho.

BRANCA FRANCO: montanhista mineira, primeira mulher brasileira a chegar ao cume do Fitz Roy. Participou do projeto do History Channel Latinoamérica, em 2023, Andes Extremo, onde escalou oito montanhas na altitude do Peru.

CADENA: escalar uma via do modo mais difícil, sem descansar.

CAMPUS BOARD: ferramenta de treino para escaladores, com painéis inclinados e agarras, usada para melhorar força e técnica de escalada.

CHRIS SHARMA: alpinista americano considerado um dos maiores e mais influentes escaladores da história.

CLIFF: ganchos metálicos utilizados para escalada com auxílio das peças de proteção na rocha para progressão do escalador.

CLIMB: termo em inglês muito usado por escaladores brasileiros para se referir à escalada.

COB: Comitê Olímpico Brasileiro.

COI: Comitê Olímpico Internacional.

CORDADA: enfiada; trecho da rocha da via de escalada que geralmente tem o comprimento entre 25m e 50m. É a subdivisão entre as proteções da via de escalada, onde o escalador, fazendo a segurança, se ancora para que o guia prossiga escalando. Termo utilizado para vias de múltiplas cordadas ou de grandes paredes.

COSTURA: Consiste em dois mosquetões ligados por uma fita de nylon. Utilizado para ligar o escalador às proteções fixas ou móveis colocadas na pedra. Equipamento de segurança.

CRAMPON: equipamento de metal acoplado à bota do montanhista para escalada em gelo e neve, proporcionando tração e segurança em terrenos íngremes e escorregadios. Existem vários tipos, cada um projetado para um tipo específico de terreno e atividade.

CRASHPAD: colchões de EVA ou espuma utilizados para a proteção de quedas dos atletas na prática de *boulder*.

DESENVOLVIMENTO DE BASE DA CBE: planejamento de treino para crianças a partir dos seis anos desenvolvido pela Confederação Brasileira de Escalada Esportiva.

EDUARDO BARÃO: escalador carioca. Autor do *Guia de Escalada Esportiva da Serra do Cipó* (Marumby, 2015).

ESCALADA EM BOULDER: escalada em blocos de pedras. Surgiu na França como um treinamento. É uma modalidade olímpica em paredes com "pegas" de resina simulando as "pegas" de uma pedra. Comum em ginásios de escalada, com suas paredes coloridas, em que cada cor representa um grau de dificuldade.

ESCALADA EM PAREDE (OU BIG WALL): escalada em grandes paredões de rocha com múltiplas cordadas e tempo extenso no ambiente vertical. Podendo durar vários dias dependendo da complexidade, altura, altitude e condições da montanha.

ESCALADA EM TOP ROPE: Corda de proteção do escalador passada no topo da rocha em equipamento fixo a fim de estender a proteção do escalador ao máximo possível, impedindo grandes quedas e exposições à riscos.

ESCALADA EM VELOCIDADE: modalidade de escalada olímpica em que duas pessoas sobem uma parede padronizada visando o menor tempo possível. O objetivo não é ir melhor que seu par, mas sim fazer o melhor tempo que todos os atletas.

ESCALADA ESPORTIVA: modalidade em rocha ou em paredes artificiais em que rotas de escalada estão previamente fixadas. O objetivo é subir sem quedas e sem necessidade de apoio em proteções artificiais para progressão. Possui diversos níveis de dificuldade.

ESCALADA MULTICORDADA (OU MULTI-PITCH): escalada em paredes maiores, nas quais há necessidade de "paradas" para recolher a corda e trazer o segundo escalador. Cada vez que se estica a corda é considerada uma cordada. Há possibilidade de o escalador precisar pernoitar na via.

ESTRIBO: espécie de degrau ou aro de metal, madeira ou fita, utilizado, neste caso, para ajudar o conquistador a progredir e ganhar altura, subindo seu próprio corpo.

ENCADENAR UMA VIA (EXPRESSÕES: CADENAR OU MANDAR): completar uma via de escalada esportiva sem cair ou sentar na corda. Sinônimo de "encadear".

ÉTICA DECOMPOSTA (VIA. LUÍS CLÁUDIO PITA E PATRÍCIA MATOS – 1993): durante muitos anos não havia sido encadenada por um mineiro, sendo Ricardo Magrão o primeiro.

F.A. (FIRST ASCENT): a primeira subida em uma via, sem parar de nenhuma forma.

FELIPE BELISÁRIO: montanhista mineiro, colaborou na abertura de centenas de vias, principalmente em Minas Gerais, nas regiões da Serra do Cipó. Autor do *Guia de Escalada Esportiva da Serra do Cipó* (Marumby, 2015).

FELIPE CAMARGO: atleta profissional da escalada, paulista, único escalador brasileiro a escalar a via mais difícil do Brasil, a "Autorretrato" (12ª – Serra do Cipó).

FINGER BOARD: placa de treinamento de força que simula agarras na pedra sem o uso dos pés.

FRANCINE BORGES: montanhista paranaense, primeira mulher a fazer uma cordada exclusivamente feminina na parede da Cachoeira do Tabuleiro, junto a Nereida Rezende.

FREE BASE: escalar uma via sem equipamento e, ao chegar ao topo, saltar de paraquedas.

FREE SOLO: escalar uma via sem equipamento de segurança ou qualquer forma de proteção. Também é o nome de um filme ganhador de vários prêmios, dentre eles o Oscar de Melhor Documentário (2019), dirigido por Jimmy Chin e Elizabeth Chai.

GRAU: o grau da via implica seu nível de dificuldade. Existem vias do terceiro ao décimo segundo grau espalhadas por todo o mundo.

GRUPO 1, 2 E 3: áreas de escalada na Serra do Cipó, localizadas no Morro da Pedreira (APA). Grandes afloramentos de calcário.

GUIAR UMA VIA: ato do escalador líder que sobe primeiro, levando a corda e as proteções para ascender a rota.

GUSTAVO FONTES: triatleta de montanha, responsável pela abertura de diversos pontos de salto de *BASE jump*. Pertence ao pequeno grupo de atletas com as carreiras mais consistentes do país em termos de graus encadenados. Treinador.

GIGANTE DE PEDRA: filme de 2022, com produção da Red Bull, que registra o atleta Felipe Camargo escalando uma via de 280m na boca da caverna do Petar. Elenco: Alex Mendes, Alexandre Fei, Felipe Camargo, Pedro Leite, Ralf Cortês e Ruddy Proença.

HIGHLINE: atravessar andando equilibrado sobre uma fita esticada entre dois pontos acima do solo. Pode atravessar vales, picos e chegar a centenas de metros de extensão.

JUQUINHA (ESTÁTUA): andarilho da região que colhia flores e as entregava aos turistas. Sua estátua tem 3m de altura e está sobre um platô, a 17km do centro da Serra do Cipó. A escultura em argila foi esculpida pela artista plástica Virgínia Ferreira há mais de 30 anos.

LUCAS MARQUES: escalador mineiro e responsável por importantes solos na Serra do Cipó.

LUÍS GUILHERME MONTEIRO DE OLIVEIRA: escalador, estudioso do montanhismo, autor do *Guia de Escalada da Pedra Riscada e outras montanhas em São José do Divino* (Cia. da Escalada, 2022) junto a Leandro Maciel e Edimilson Duarte.

MARC-ANDRÉ LECLERC (1992 – 2018): alpinista canadense conhecido por suas façanhas em algumas das montanhas mais desafiadoras do mundo, muitas vezes sem assistência externa ou comunicação. Faleceu em uma avalanche.

MARCELO BRAGA: carioca, um dos pioneiros da escalada esportiva brasileira. Produtor do documentário *Ganbatte*, com participação de Sérgio Tartari, Alexandre Portela, André Godofe e José Luiz Kavamura.

MONTE FITZ ROY: também conhecido como Cerro Chaltén, Cerro Fitz Roy ou simplesmente Monte Fitz Roy (3.045m); montanha na Patagônia, localizada na fronteira entre Argentina e Chile.

MORRO DA PEDREIRA: Unidade de Conservação (UC) gerida pelo Instituto Chico Mendes de Conservação da Biodiversidade (ICMBio).

MOSQUETÃO: anel metálico que apresenta, em um de seus lados, um segmento móvel (gatilho) que, quando aberto, permite a passagem da corda do escalador. Existe uma grande variedade de formatos.

PARADA: pontos de paradas são pontos de proteção em uma escalada de parede ou *big wall*, onde a altura é maior do que uma corda de escalada e capaz de proteger o escalador, sendo necessário "parar" para recolher a corda. (Ver Escalada Multicordada.)

PARNA CIPÓ: Parque Nacional da Serrá do Cipó (MG).

PATAGÔNIA: a Patagônia abrange um terço dos territórios do Chile e da Argentina e fica na parte mais austral da América do Sul. Possui vias famosas de escalada em parede, como o Fitz Roy.

PROJETO DE DESENVOLVIMENTO DE ATLETAS DE BASE: programa desenvolvido pela CBEscalada como parte do trabalho para o desenvolvimento do esporte no Brasil. Consiste na principal ferramenta para o desenvolvimento ativo de atletas de alto rendimento, treinadores, técnicos e dirigentes esportivos de escalada.

PETAR: Parque Estadual Turístico do Alto da Ribeira entre as cidades de Iporanga e Apiaí, no sul do estado de São Paulo, onde foi feito o filme Gigante de Pedra (2022).

PEDRA RISCADA: afloramento de granito ao leste do estado de Minas Gerais, sendo o maior monolito do mundo. São cerca de 11km de circunferência, 1.030m de desnível, 594m de área e mais de 3km de profundidade.

PIOLET: instrumento utilizado em escaladas, travessias e deslocamentos em neve e gelo. Há os tipos marcha e os técnicos. Servem tanto para a progressão quanto para a segurança do esportista.

PRUDENTIAL: Prudential do Brasil; seguradora há mais de 25 anos no país, responsável pelo maior patrocínio já concedido à escalada brasileira.

SUBGRADUADA: quando a via é mais difícil do que o grau que lhe foi dado.

TABULEIRO (CACHOEIRA): localizada no município de Conceição do Mato Dentro, é a mais alta do estado de Minas Gerais e a terceira maior do Brasil. Com 273m de altura, é formada a partir de um paredão, com várias vias de escalada que exigem comprometimento de ambos os escaladores.

VIA: rota de escalada, independentemente da modalidade, definida por algum escalador que a "descobriu", limpou, deu nome e definiu o grau.

V5 E V12: níveis de dificuldade de *boulders*.

VINÍCIUS WILSON: fotógrafo e montanhista mineiro, responsável pela abertura de vias na Serra do Cipó e também autor do livro *Escalada Cipó, Guia* (2023).

WAGNER BORGES: montanhista mineiro, colaborou na abertura de centenas de vias, principalmente em Minas Gerais, nas regiões da Serra do Cipó, Tabuleiro e Serro. Autor do *Guia de Escalada Esportiva da Serra do Cipó* (Marumby, 2015).

YOSEMITE (PARQUE): o Parque Nacional Yosemite é muito conhecido como a meca dos escaladores, com imensos paredões verticais. Está localizado na Califórnia, a 450km de Los Angeles.

Agradecimentos

Agradecimentos calorosos aos entrevistados. Sem seus pontos de vista, não haveria tanta inspiração para estas fantasias. Em ordem alfabética: Alexandre Cordeiro, Anja Köhler, Bianca Castro, Bianca Melo, Branca Franco, Fábio Schreiber, Felipe Camargo, Fernanda Maciel, Francine Borges, Gustavo Fontes, Karina Oliani, Laura Timo, Marcelo Braga, Marina Machado, Marina Dias, Mary Lages e família, Neudson Aquino, Ricardo Magrão, Sueli Gomes, Pedro Avelar.

E aos que, mesmo sem saber, influenciaram esta obra, por acreditar na autora como escaladora ou como escritora. Em ordem alfabética: Ana Marcela Kita, Ana Cláudia Teixeira, Andressa Macedo, Amélia Machado, Caê Benfica, Camila Reis, Camila Cordeiro, Caetano Fontes, Debora Garcia, Emerson Azevedo (in memoriam), Edgardo Abreu, Felipe Cabeça, Gabriel Ramos, Gustavo Baxter, Hélia Prates, Juliana Amaral, Leandro Iannotta (in memoriam), Laura Valverde, Lucas Marques, Maíra Vilas Boas, Mayra Rodesky, Natalia Nishikawa, Nina Fontes, Pedro Leite, Thayse Fontes, Pedro David, Rafaela Discaciati e Renata Terzi.

Agradecimentos especiais a Wagner Borges, Eduardo Barão, Felipe Belisário, Vinícius Wilson, Luís Oliveira, Leandro Maciel e Edimilson Duarte, por terem publicado obras de importante referência para esta autora.

Fonte Cormorant
Papel Pólen Natural 80g/m²
Impressão Paym